ROBIN HOOD

로빈후드
ROBIN HOOD

옮긴이 **최영민**
한국외국어대를 졸업하고 동 대학원 석사 수료.
전문번역가로 활동 중이고, 현재는 캐나다에서 영적인 가르침과 환경에 관련된 "새로운 삶을
위한 재단"에서 수학 중이다.

옮긴이 **이경수**
이경수 서울여자대학교 사학과와 영어영문학과에서 주로 문화 콘텐츠를 공부했고 현재 출판
사에서 교육 · 학습 관련 도서를 펴내는 일에 집중하고 있다.

로빈 후드

초판 1쇄 인쇄 | 2010. 4. 10.
초판 1쇄 발행 | 2010. 4. 13.

지은이 | 하워드 파일
옮긴이 | 최영민, 이경수
펴낸곳 | 자유로운상상
펴낸이 | 하광석
디자인 · 편집 | 블룸

등록 | 2002년 9월 11일(제 13-786호)
주소 | 서울시 성북구 장위동 231-187 102호
전화 | 02-392-1950 팩스 | 02-363-1950
이메일 | hks33@hanmail.net

ISBN 978-89-90805-53-9 03840

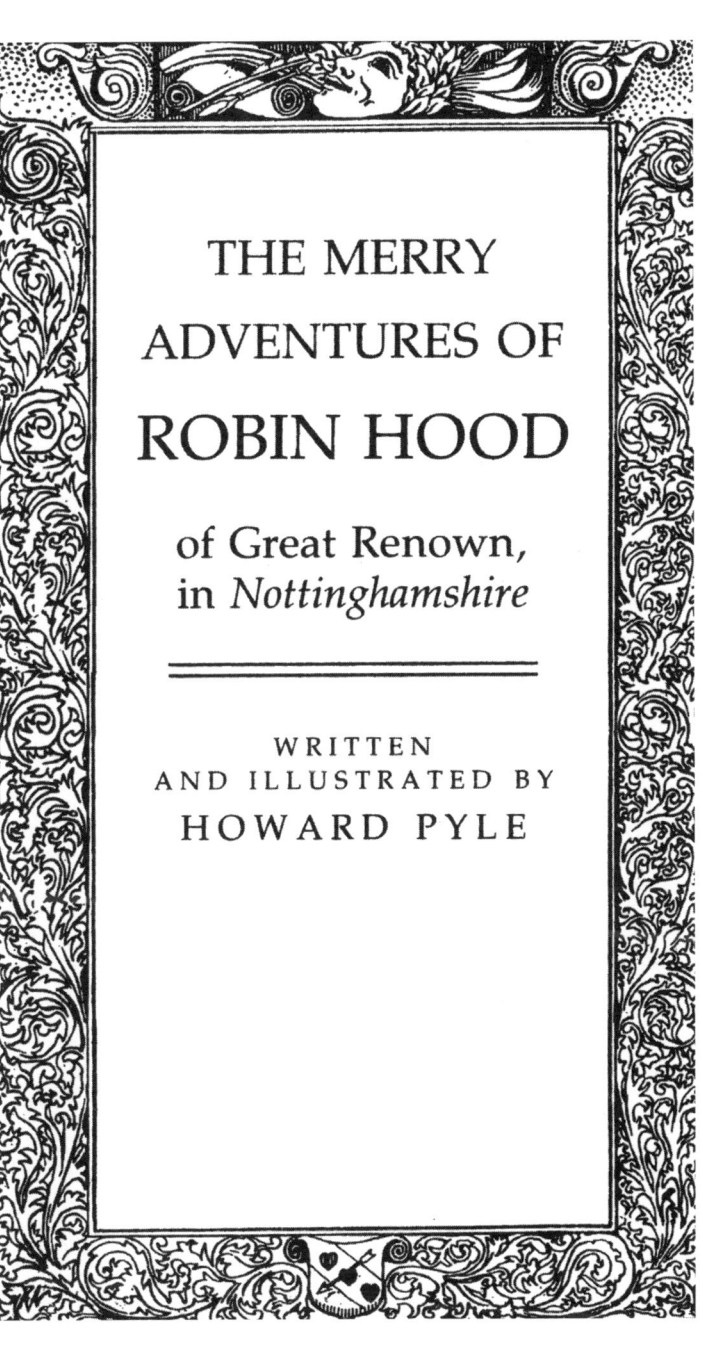

THE MERRY
ADVENTURES OF
ROBIN HOOD

of Great Renown,
in *Nottinghamshire*

WRITTEN
AND ILLUSTRATED BY
HOWARD PYLE

머리말

영국 역사를 살펴보면, 로빈 후드는 실제 인물이 아닐 수도 있다. 그러나 영국 역사에 아서왕이 분명 존재했듯이, 학자들은 여러 세기에 걸쳐 서우드 숲의 유명한 무법자가 실제로는 어떤 인물이었는지 밝혀내기 위해 애써왔다.

의적에 대한 언급은 영국 문학작품들에서 일찍부터 등장했지만, 이 작품이 쓰인 무렵에는 이미 로빈 후드의 전설이 멀리 미국까지 잘 알려져 있었던 것이 분명하다. 그러나 로빈 후드가 실제로 누구였는가는 중요하지 않다. 로빈 후드의 전설이 여전히 사람들 입에 오르내리고 또 다른 행적들이 수세기에 걸쳐 만들어지는 동안, 단순한 무법자에 불과했던 로빈 후드는 16세기 말쯤 되어서는 고귀한 가문에서 태어나 대중들에게 사랑받는 영웅의 모습으로 남게 되었다.

그러나 지금은 로빈 후드의 행적의 시기를 1190년경으로 추산하며, 그가 헨리 2세와 그의 왕비 엘리노어, 그의 뒤를 이은 리처드 왕과 동시대에 살았던 헌팅턴 백작이었을 것으로 역사학자들은 추정하고 있다. 이렇게 입으로만 전해지던 로빈 후드의 전설을 가장 근사하게 개작한 사람은 영국인도 아닌 바로 미국인으로, 오늘날 미국 삽화의 아버지로 불리는 하워드 파일이다.

하워드 파일은 그의 일생을 동화를 짓는 작가이자 동화의 그림을 그리는 삽화가로 살았다. 항상 넘치는 상상력으로 그 자신도 모르는 아름다운 나라를 자신의 상상만으로 그리곤 했다.

청년 하워드 파일은 1883년, 그해 크리스마스에 찰스 스크리브너 출판사에서 『로빈 후드의 모험』이라는 제목으로 자신의 책을 최초로 출간하게 된다. 이 책은 30세의 하워드 파일을 당시 미국 최고의 동화작가로 우뚝 서게 해 주었다. 그 이후 『은 손의 오토』, 『아서왕 이야기』 등 주옥같은 작품을 출간하게 된다.

『로빈 후드의 모험』은 비록 도적들을 영웅으로 만들었을지는 모르지만, 그럼에도 도덕적인 교훈을 주는 책임에는 틀림없다. 그러나 안타깝게도 요즘에는 다른 작품들이 하워드 파일의 『로빈 후드의 모험』을 대신하고 있다. 이것은 어쩔 수 없는 일인지도 모른다. 하워드 파일의 『로빈 후드의 모험』은 영국의 고어체로 되어 있어 해석하기가 무척 어렵고 또한 이해하기도 힘들다.

그러나 이 작품은 현재를 살아가는 독자들이 이해하기 쉽도록 충실하게 각색한 책이다. 이 글을 읽는 많은 사람들로 하여금 좀 더 쉽고 편하게 『로빈 후드의 모험』으로 멋진 상상의 나래를 펼칠 수 있게 하려 했다.

자! 이제 소설 속에 나오는 멋진 인물들과 함께 아름다운 셔우드 숲으로 모험을 떠나보자.

차례

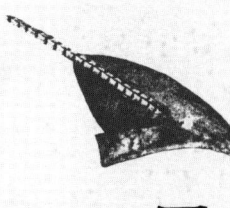

로빈후드

Robin Hood

OI

무법자 로빈 후드

    헨리 2세가 영국을 다스리고 있을 당시, 노팅엄 근처 셔우드 숲 근처에는 록슬레이라는 작은 마을이 있었다.

    록슬레이는 아름다운 산과 울창한 나무들로 둘러싸인 아주 평화로운 곳이었다. 마을 입구에는 맑은 시냇물이 흐르고, 들판에는 온갖 종류의 꽃들이 화사하게 피어 있었으며, 마을 근처의 숲 속으로 조금만 들어가면 토끼나 사슴 같은 산짐승들이 뛰노는 것을 볼 수가 있었다.

    그러나 평화롭고 조용한 록슬레이에서도 가끔은 소란스러운 사건이 벌어졌다. 로버트 히드스라는 악동이 또래의 친구들을 이끌고 이따금 소동을 일으키곤 했기 때문이었다. 친구들과 마을 사람들 사이에서는 '로빈 후드'라는 별명으로 불리던 로버트 히드스는 활솜씨가 매우 뛰어났기 때문에 늘 록슬레이 아이들의 골목대장 노릇을 했다.

어려서부터 무사이셨던 아버지에게 활쏘기를 배운 까닭에 또래 중에서는 로빈 후드를 당할 사람이 없었다. 또한 뛰어난 활솜씨뿐만 아니라 나이답지 않은 지도력과 통솔력을 겸비했기 때문에 많은 아이들은 진심으로 로빈 후드를 따르게 되었다.

성장해 가면서 로빈 후드의 활솜씨는 더욱 훌륭해졌다. 로빈 후드가 열여덟 살이 되었을 무렵에는 또래의 젊은이들뿐만 아니라 마을의 어른들까지도 로빈 후드를 당해낼 사람이 없었다. 모두들 귀신같은 그의 활솜씨에 감탄하면서 록슬레이는 물론이고 영국 전체에서도 로빈 후드만큼 활을 잘 쏘는 사람은 없을 것이라는 명성이 자자했다.

그러던 어느 날 록슬레이 마을 셔우드 숲의 반대편에 있는 노팅엄에서 주지사가 주최하는 큰 활쏘기 대회가 열린다는 소식이 전해졌다. 가장 활을 잘 쏘는 사람에게는 커다란 통으로 맥주 한 통도 부상으로 내걸렸다는 것이었다. 그 소식을 들은 사람들은 너나 할 것 없이 로빈 후드에게 대회에 참가할 것을 권유했다.

"네 실력이면 1등은 따놓은 거나 마찬가지야. 잘만 하면 출세길이 열릴지도 모르는 일이잖아."

로빈 후드도 활쏘기만큼은 누구에게도 지지 않을 자신이 있었기 때문에 귀가 솔깃해졌다.

'그래, 그만한 대회라면 분명 모두들 출전하려고 하겠지. 내 실력을 시험해 볼 수 있는 절호의 기회야.'

로빈 후드는 활쏘기 대회에 나갈 것을 결심했다. 록슬레이 마을에는 더 이상 실력을 겨룰만한 사람이 없었던 로빈 후드는 영국 각지에서 몰려들 명궁들과 솜씨를 겨뤄보고 자신의 실력이 얼마나 되는지 확인해 보고 싶었기 때문이었다.

결국, 로빈 후드는 부모님께 작별인사를 하고, 친구들의 격려를 받으며 록슬레이 마을을 떠나 길을 나섰다. 그의 어깨에는 기다랗고 억센 활과 날카로운 화살이, 허리에는 시퍼렇게 날이 선 칼이 메어져 있었다. 푸른 옷을 입고 푸른 모자를 쓴 로빈 후드는 자신만만한 모습으로 노팅엄을 향해 힘차게 발걸음을 옮기기 시작했다.

마을에서 노팅엄까지 가기 위해서는 서우드 숲을 헤치고 지나가야 했다. 로빈 후드는 즐거운 마음으로 휘파람을 불면서 오솔길을 헤쳐 나갔다. 먼 길을 걸어갔지만 그는 오히려 힘든 기색도 보이지 않았다. 노팅엄이 가까워 올수록 오히려 더욱더 힘이 솟는 것을 느낄 수 있었다.

계속해서 발걸음을 옮기던 중, 로빈 후드는 커다란 참나무 아래에 모여 있는 십여 명의 사람들과 만날 수 있었다. 그들은 국왕의 숲을 지키는 산림관들이었다. 산림관들은 활과 화살을 내려놓고 발을 쭉 뻗은 채로 거품이 이는 맥주 통에서 커다란 술잔으로 맥주를 퍼마시며 떠들어 대고 있던 중이었다. 그때 한 사람이 음식을 잔뜩 입에 문 채 로빈 후드를 보고는 크게 소리쳤다.

"어이, 젊은이! 장난감 같은 활을 들고 사냥이라도 나온 거냐?"

말이 끝나자마자 산림관들은 모두 배를 잡고 웃어대기 시작했다. 로빈 후드는 자신을 비웃는 산림관들의 모욕적인 말을 참을 수가 없었다.

"뭐요? 내 활과 화살은 당신들 것보다 더 좋소. 그리고 나는 노팅엄에서 열리는 활쏘기 대회에 출전하는 길이오. 나는 거기서 다른 건장한 용사들과 겨뤄서 1등을 할 것이오. 1등 상품인 맥주 한 통도 내 차지가 될 거요"

그러자 한 손에 술잔을 들고 있던 한 남자가 말했다.

"뭐라고? 젖비린내 나는 애송이가 활쏘기 대회에 나가 1등을 하겠다고? 활시위조차 제대로 당기지도 못할 것 같은데 정말 주제를 모르는군."

산림관들은 불쌍하다는 표정으로 로빈 후드를 바라보았다.

"당신들이야말로 무례하기 짝이 없군요. 좋소, 실력을 보여 드리지. 저기 저 쪽에 사슴 무리가 보이지요? 그중에 저 큰 숫사슴을 쏘겠소."

그러자 제일 처음에 말을 꺼낸 남자가 말을 이었다.

"어디서 나온 자신감인지 모르겠지만, 좋다. 네 녀석이 사슴을 맞힌다면 20펜스를 주도록 하지. 대신 맞히지 못한다면 크게 혼날 줄 알아라.”

로빈 후드는 산림관의 말이 끝나기도 전에 화살을 뽑아들고 힘차게 활을 쏘았다. 화살은 쏜살같이 저편으로 날아가더니, 이내 빨간 사슴의 심장에 그대로 명중했다. 사슴은 껑충 뛰어오르더니 피를 쏟으며 자리에 그만 쓰러지고 말았다.

“어떻소? 자, 이제 약속대로 20펜스를 내놓으시오.”

“그래 좋아, 주도록 하지. 그런데 지금 네 녀석이 쏘아 죽인 사슴이 과연 누구의 사슴일까?”

20펜스를 주겠다던 산림관은 음흉한 표정으로 로빈 후드를 쳐다보았다. 그 말을 들은 로빈 후드의 얼굴에서는 의기양양하던 웃음이 사라지고 말았다.

방금 그가 쏘아 죽인 사슴을 비롯해 숲 속에 살고 있는 사슴들은 모두 국왕의 소유였기 때문이었다. 당시 영국에서는 국왕의 허락 없이는 절대로 사슴사냥을 할 수가 없었으며, 만약 사슴사냥을 하다가 잡히기라도 하는 날에는 꼼짝없이 양쪽 귀를 잘리는 큰 벌을 받게 되어 있었다.

‘안 되겠다. 일단 빨리 이곳에서 도망쳐야겠어.’

로빈 후드는 재빨리 몸을 날려 뒤쪽으로 도망치려 했다. 그러나 여러 명의 산림관들이 한꺼번에 달려들어 그를 밧줄로 꽁꽁 묶어 버리고 말았다.

"비겁한 놈들, 네놈들과의 내기였지 않느냐!"

로빈 후드는 온몸을 뒤틀며 악을 쓰기 시작했다. 그러나 산림관들은 그를 본 척도 하지 않은 채 나무꾼들을 불렀다.

"어이! 이 녀석을 태워서 노팅엄까지 같이 끌고 가라."

산림관들은 나무꾼 두 명을 불러 로빈 후드를 데려가도록 했다. 로빈 후드는 이제 다 틀렸다는 생각에 조용히 수레에 올라탔다.

"안 그래도 요즘 사슴들을 죽인 놈들을 찾지 못한다고 주지사가 난리였는데 네 녀석 때문에 다행히 잘 넘어가게 생겼다. 자, 빨리 출발하자."

산림관 일행들은 노팅엄을 향해 발걸음을 옮기기 시작했다. 그러나 얼마 못 가 나무꾼들이 끌고 있는 수레의 속도가 점점 느려졌다. 산림관들은 눈살을 찌푸리며 자꾸만 뒤처지는 수레를 돌아보았다.

"더 힘을 내란 말이다. 힘을 내서 끌지 못하겠느냐!"

산림관들은 채찍을 휘두르며 나무꾼들을 윽박질렀다. 그러자 젊은 나무꾼의 안색이 변하더니 허리에 차고 있는 칼자루에 손을 가져갔다. 이 모습을 본 늙은 나무꾼은 혼비백산하여 젊은 나무꾼을 말리기 시작했다.

"월, 무슨 짓을 하려는 게냐. 그러다 큰 봉변을 당하면 어쩌려고 그러느냐, 잔말 말고 어서 끌기나 하자꾸나."

산림관들은 큰소리로 웃으며 두 나무꾼의 엉덩이에 채찍을 후러 갈겼다. 두 나무꾼은 짐승 같은 취급을 받으면서도 후환이 두려워 묵묵히 수레를 끌고 갔다.

얼마 지나지 않아 로빈 후드를 체포한 산림관 일행은 다른 쪽으로 숲을 순찰하던 산림관들과 만나게 되었다. 그쪽에서도 셔우드 숲에서 도적질을 하고 있던 무리들 중 두 명을 잡아오는 길이었다. 두 패는 서로의 공적을 칭찬하면서 왁자지껄하게 떠들어대기 시작했다.

"도적놈들 두 명하고 사슴을 쏘아 죽인 놈 한 명, 총 세 명이나 잡아가게 되었구만. 이거 오늘은 주지사님에게도 칭찬도 받고 상금도 받을 수 있겠는걸?"

그들은 너무 기쁜 나머지 포로들도 잊은 채 흥겹게 대화를 나누었다. 두 나무꾼들은 멀찍이 떨어져서 그 광경을 지켜보다가 잽싸게 수레에 묶여있던 로빈 후드를 풀어주고 자신들도 뒷길로 도망치기 시작했다.

"앗! 놈들이 도망친다!"

부스럭거리는 소리에 놀라 뒤를 돌아본 산림관 한 명이 큰소리로 외쳤다. 그러자 곧 다른 산림관들도 활을 집어들고 로빈 후드와 나무꾼들을 향해 화살을 쏘아대기 시작했다. 그러나 산림관들이 정신없이 떠들고 있던 사이에 이미 먼 거리를 도망쳐 나올 수 있었기 때문에 로빈 후드와 나무꾼 두 명은 숲 속 깊숙한 곳까지 숨어들어갔다.

"에잇, 다 잡은 녀석을 놓치다니……."

서우드 숲은 무척이나 넓고 깊기 때문에 한번 숨어들게 되면 찾아내기가 여간 힘들지 않았다. 또한 숲 속에 살고 있는 도적들이 나타날지도 모르기 때문에 산림관들은 로빈 후드와 나무꾼들을 단념할 수밖에 없었다.

"정말 고맙습니다. 당신들 덕분에 목숨을 건졌습니다."

로빈 후드는 두 나무꾼들에게 감사의 인사를 했다.

"천만에요, 당신은 분명히 대단치 않은 죄로 잡혀가고 있었을 텐데 당연히 도와드려야지요."

두 나무꾼은 로빈 후드를 바라보며 환한 미소를 지었다. 로빈 후드는 두 나무꾼들에게 산림관들의 꼬임에 넘어가 사슴을 죽이고 붙잡힌 사실을 전부 이야기하기 시작했다.

"역시, 정말 악독한 놈들이에요. 그나저나 당신도 이제 마을로 되돌아갈 수 없겠군요. 우리는 이제 숲 속의 반역자들을 찾아갈 생각인데 당신도 함께 가지 않겠어요? 당신의 활솜씨라면 아마도 크게 환영받을 거예요."

"숲 속의 반역자요?"

로빈 후드는 의아한 표정으로 두 나무꾼을 바라보았다. 젊은 나무꾼 윌은 신이 난 목소리로 그들에 대해 이야기를 해 주었다.

"당신처럼 모두 하찮은 죄로 쫓겨서 숲 속으로 들어온 사람들이 모여 있는 곳이에요. 숲 속에 깊이 숨어 사슴을 사냥하며 못된 관리 녀석들을 혼내 주기도 하는 사람들이지요."

"그럼, 아까 반대쪽에 잡혀있던 그 두 사람도 숲 속의 반역자들이겠군요?"

"그럴 거예요. 모두 불쌍한 사람들이죠. 먹을 게 없어서 굶주리다 못해 사슴을 잡아먹었거나, 못된 귀족놈들과 성직자들에게 집과 땅을 빼앗기고 도망쳐온 사람들이 대부분이니까요."

윌의 이야기를 듣게 되자 로빈 후드는 숲 속의 반역자들이 불쌍하게 생각되었다. 자신도 못된 관리들의 횡포를 직접 겪고 난 후였기 때문에 더더욱 그들의 처지가 안쓰럽게 여겨졌다. 더군다나 산림관들에게 앙갚음을 해 주고 싶은 마음도 있었기에 로빈 후드는 나무꾼들에게 말했다.

"혹시 노팅엄으로 가는 길을 알고 있습니까? 조금 전에 불쌍하게 붙잡힌 사람들을 구해주고 싶군요."

"좋은 생각이예요. 당신의 솜씨라면 충분히 그 사람들을 구할 수 있을 겁니다. 나도 돕겠어요."

늙은 나무꾼을 숲 속에 남겨 놓은 채 로빈 후드와 윌은 산림관들을 찾아 나섰다. 윌은 나무꾼이기 때문에 숲 속의 지리를 훤히 꿰뚫고 있었다. 그들은 노팅엄으로 향하는 샛길을 통해 금방 산림관 일행을 따라 잡을 수 있었다.

"저쪽이예요. 산림관 녀석들이 저쪽에 있어요."

로빈 후드는 윌이 가리키는 곳으로 고개를 돌렸다. 그러자 산림관 일행이 붙잡은 두 사람을 앞세우고 숲 속의 넓은 들판 한가운데로 지나는 것을 볼 수 있었다.

"좋아, 당신은 이곳에서 기다리고 있어요. 내가 저놈들을 상대하도록 하죠."

로빈 후드는 잽싸게 숲에서 뛰쳐나와 산림관 일행의 앞을 가로막았다.

"못된 녀석들! 죄 없는 사람들을 풀어줘라."

"아까 도망친 녀석이다. 저 놈을 잡아라!"

산림관들은 다짜고짜 화살을 퍼붓기 시작했다. 로빈 후드는 날아드는 화살을 이리저리 피하면서 포로를 구출할 틈을 살폈다. 하지만 워낙 많은 화살이 날아드는 탓에 도저히 산림관 일행의 근처로 다가갈 수가 없었다.

그는 산림관들이 비록 못된 관리이기는 해도 생명을 빼앗고 싶지는 않았기에 활을 쏘지 않았다. 그러나 자신의 목숨이 위험해질 상황에 이르게 되자 더 이상 화살을 꺼내지 않을수가 없었다.

"에잇!"

그는 재빨리 활시위를 당겼다. 화살 한 대가 바람을 가르며 산림관들의 우두머리를 향해 날아갔다. 화살은 정확하게 대장의 목을 관통했다. 이어서 날아오는 화살들은 다른 산림관의 어깨에, 또 다른 사람의 다리에 명중했다.

"포로들을 풀어주지 않으면 너희들의 목숨을 전부 빼앗아 버리고 말겠다."

로빈 후드는 활 쏘는 것을 멈추고 숲이 쩌렁쩌렁하게 울릴 정도로 크게 소리쳤다. 그러자 대장을 잃은 산림관의 무리들은 포로를 놔두고 허둥지둥 도망치기 시작했다.

"정말 굉장해요. 굉장한 솜씨예요."

산림관들이 다 도망친 후에 윌이 뛰쳐나와 로빈 후드에게 달려왔다. 하지만 로빈 후드는 살인을 저지르고 말았다는 죄책감에 마음 한구석이 무거워졌다.

"아닙니다. 그보다 저 사람들을 어서 풀어 주도록 합시다."

두 사람은 어안이 벙벙해져 있는 포로들의 밧줄을 풀어 주었다. 숲 속의 반역자들이었던 두 포로는 메치와 와트라는 사람들이었다. 그들은 연신 로빈 후드에게 고개를 숙이며 감사를 표했다.

"목숨을 구해 주셔서 정말 감사합니다. 정말 감사합니다."

"아닙니다. 당연히 해야 할 일을 했을 뿐입니다. 그보다 저……, 혹시 저희들을 당신들의 무리에 넣어 주실 수는 없겠습니까?"

산림관까지 쏘아 죽인 이상 노팅엄에도, 록슬레이 마을에도 로빈 후드가 더 이상 발붙일 곳은 없었다.

로빈 후드는 숲 속의 반역자 무리에 들어가는 것이 그리 내키지는 않았지만 다른 방법이 없었다.

'그래, 이왕 이렇게 된 바에야 몹쓸 관리 녀석들을 마음껏 혼내 주도록 하자.'

매치와 와트는 로빈 후드의 뛰어난 활솜씨를 눈앞에서 보았기 때문에 자신들의 패거리에 들어오고 싶다는 그의 제안을 흔쾌히 승낙했다. 그들 둘은 로빈 후드와 윌, 그리고 그의 할아버지인 늙은 나무꾼을 데리고 자신들이 머무르고 있는 숲 속의 본거지를 향해 출발했다.

ROBIN and LITTLE JOHN go their ways in search of Adventure:

O2

숲 속의 반역자들

깊은 숲 속을 향해 한참을 걸어간 일행은 넓은 공터에 도착했다. 매치와 와트는 주위를 세심하게 둘러보더니 나팔을 꺼내 힘차게 불기 시작했다. 잠시 후, 주변에서 부스럭거리는 소리가 들리더니 몇 명의 사나이가 서서히 모습을 드러냈다.

"매치와 와트잖아? 아니, 어떻게 돌아온 거지? 이 사람들은 누구야?"

그들은 전부 깜짝 놀라며 로빈 후드 일행에게 다가왔다. 매치와 와트는 반가운 표정으로 로빈 후드의 등을 떠밀며 사나이들에게 말했다.

"이 분이 산림관들을 쓰러뜨리고 우리를 구해 주셨어. 대단한 활솜씨를 가지신 분이야. 멀리서 화살 몇 대로 관리놈들을 낙엽 떨어뜨리듯이 쓰러뜨렸어. 모두 우리 패거리에 들어오고 싶다고 해서 이렇게 데려왔지."

"그래? 그거 잘 됐군. 우리 동료를 구해 주셔서 감사합니다."

로빈 후드 일행은 사나이들의 안내를 받으며 반역자들 모두가 모여 있는 곳으로 가기 시작했다.

반역자들은 가파른 암벽 밑으로 커다란 동굴이 뚫려있는 넓은 공터에서 사슴고기와 술로 허기진 배를 달래고 있는 중이었다.

"자! 모두들 여길 봐, 매치와 와트가 살아 돌아왔다네. 바로 이 분들이 매치와 와트를 구해 주셨어. 이 분들이 우리 패거리에 들어오고 싶다고 하는데 모두들 어때?"

사람들은 저마다 술잔을 높이 쳐들며 큰소리로 외쳤다.

"그거 좋지. 언제나 환영이라네!"

사람들은 전부 로빈 후드에게 다가와 동료를 구해 주어서 고맙다며 계속 감사의 말을 건넸다.

로빈 후드는 그곳에 모여 있는 사람들이 비록 반역자들의 무리이기는 하나 모두들 의리 있고 선량한 백성들이라는 것을 느낄 수 있었다.

"오늘은 실컷 마시자! 즐거운 잔치다!"

장작불에 구운 맛있는 사슴고기와 함께 즐거운 잔치가 벌어지기 시작했다. 사람들은 너나 할 것 없이 잔을 부딪치며 어깨동무를 한 채로 흥겹게 잔치를 즐겼다.

로빈 후드와 윌, 그의 할아버지도 모든 걱정을 다 잊고 사람들과 건배를 하며 즐거운 시간을 보내고 있었다. 그렇게 잔치를 즐기던 도중, 갑자기 매치가 근처의 바위 위로 뛰어올라 가더니 사람들을 향해 큰소리로 외쳤다.

"잠시만 내 얘기를 들어주세요. 모두에게 할 말이 있어요. 그 동안 우리는 못된 관리 녀석들을 혼내주기 위해서 훌륭한 두목이 있어야 된다고 했잖아요. 오늘 나와 와트를 구해준 로빈 후드라는 사람은 뛰어난 활솜씨를 가지고 있어요. 이건 내 눈으로 똑똑히 보았습니다. 뿐만 아니라 그에게는 대담함과 용기, 통솔력과 지도력도 있다는 것을 느꼈습니다. 나는 그만한 두목감이 없다고 생각합니다."

사람들은 모두 웅성거리기 시작했다. 오늘 처음 들어온 사람을 두목으로 정하자는 말에 모두들 당황했기 때문이었다. 반역자들의 무리 중에서 가장 힘이 세고 우람한 체격을 가진 존 포드가 일어나며 매치에게 말했다.

"로빈 후드라는 사람은 오늘 처음 우리 패거리에 들어왔어. 그런 사람에게 두목을 맡긴다니 너무 성급한 것 아니야? 그리고 우리 모두에게 인정을 받은 사람만이 두목이 될 수 있어. 네 생각이 정 그렇다면 활쏘기 시합을 하는 게 어때? 만약 네 말대로 그렇게 훌룡한 솜씨를 가지고 있다면 우리 모두를 이길 수 있을 테니까."

존 포드의 말이 끝나자 주의에서는 커다란 함성이 들렸다.

"좋아! 그럼 내일 아침에 활쏘기 대회를 열도록 해요. 그래서 우리를 이끌어줄 두목을 뽑는 겁니다."

메치는 말을 끝내고 바위에서 내려왔다. 로빈 후드는 갑작스런 메치의 제안이 부담스러웠지만, 이왕 이곳에 몸담기로 결정했으니 우두머리가 되는 것도 괜찮다는 생각이 들었다.

"그래, 나도 참가하도록 하겠어! 내일 아침에 모든 것을 결판내도록 하자."

로빈 후드의 선언을 들은 숲 속의 반역자들은 환호성을 질렀다. 그들은 모두 내일 벌어지게 될 대회로 인해 두근거리는 가슴을 진정시키기가 어려웠다. 그리고 그날 늦은 밤까지 숲 속의 잔치는 끝나지 않았다.

다음날 아침이 되자, 과녁이 세워져 있는 넓은 공터에 사람들이 모여들기 시작했다. 활쏘기에 자신이 있는 사람들은 모두 두목이 되려는 생각에 일찍부터 나와 활쏘기 연습을 하고 있었다. 존 포드 역시 커다란 활을 들고 계속해서 과녁에 화살을 쏘아대고 있는 중이었다. 오직 로빈 후드만 조용히 앉아 연습하는 이들을 바라보고 있었다.

"자! 모두들 모였겠지? 그럼 이제 활쏘기 대회를 시작하도록 하지."

대회에 참가하려는 사람들은 모두 한 발 앞으로 나와 긴장된 표정으로 과녁을 응시하고 있었다. 주위를 둘러싼 사람들은 모두 엄청난 환호성을 지르기 시작 했다.

"잠깐, 저렇게 쉬운 과녁으로는 결판이 나지 않을 것 같은데 좀 더 어려운 과녁을 세우는 게 어때?"

조용히 앉아 있던 로빈 후드가 자리에서 일어나며 모두에게 말했다.

"자신만만하군. 그럼 네 녀석이 과녁을 정해봐라."

존 포드는 경계하는 눈초리로 로빈 후드를 바라보았다. 로빈 후드는 고개를 끄덕이고는 멀리 있는 작은 나무를 향해 발걸음을 옮겼다. 그는 가느다란 풀꽃을 하나 줍더니 나무덩굴로 그것을 작은 나무의 끝에 매달았다.

"이 풀꽃을 맞히는 걸로 하지. 어때? 모두들 괜찮겠어?"

사람들은 저마다 얼굴을 바라보며 도저히 불가능하다는 표정을 지었다. 대부분이 전부 활을 내려놓으며 기권을 했다. 그러나 존 포드만은 끝까지 로빈 후드와 승부를 겨루기로 했다. 두 사람은 화살 세 대씩을 쏘아 승부를 겨루기로 결정하고 제비뽑기로 순서를 정했다. 제비뽑기 결과 존 포드가 먼저 쏘게 되었고, 로빈 후드는 그 다음 차례였다.

존 포드는 선 앞으로 다가가 과녁을 노려보고는 힘껏 활을 당겼다. 모두가 숨을 죽이고 있는 가운데 팽팽하게 당겨진 활시위를 놓자 첫 번째 화살이 과녁을 향해 날아갔다. 그러나 화살은 과녁을 맞추기는커녕, 과녁에 미치지도 못하고 떨어지고 말았다.

두 번째 화살도 마찬가지였다. 분노와 수치심으로 얼굴이 벌겋게 달아오른 존 포드는 젖 먹던 힘까지 짜내어 활시위를 당겼다. 그러나 마지막 화살도 간신히 과녁 근처에 가깝게 날아갔을 뿐이었다.

"이건 말도 안 된다. 사람이 할 수 있는 게 아니야."

존 포드는 분을 이기지 못하고 로빈 후드를 노려보았다. 그러나 로빈 후드는 가벼운 미소를 띤 채 선 앞으로 다가가 유유히 화살을 집어 들었다. 그리고 화살을 꺼내 들더니 번개같이 활시위를 당겼다 놓았다. 그러자 화살은 바람을 가르며 보기 좋게 풀꽃을 꿰뚫었다. 그는 재차 화살을 꺼내들어 두 번째, 세 번째 화살을 연달아 쏘았다. 화살은 모두 똑같이 나뭇가지 끝에 매달려 있는 풀꽃을 정확하게 명중시켰다.

"이럴 수가!"

사람들은 모두 귀신과도 같은 그의 활솜씨에 감탄하지 않을 수가 없었다. 그들 모두 들고 있던 활과 칼을 하늘 높이 들어 올리며 새로운 두목에게 충성을 맹세했다. 존 포드마저도 로빈 후드의 실력을 인정하지 않을 수가 없었다.

"로빈 후드 만세! 두목님 만세!"

존 포드를 비롯한 모든 사람들은 모두 로빈 후드의 앞에 무릎을 꿇었다. 그러자 로빈 후드는 꼿꼿이 선 채로 사람들을 바라보며 말했다.

"비록 여러분들과 함께 한 것이 얼마 되지는 않았지만, 시합을 통해서 여러분들의 우두머리가 되었으니 최선을 다해 여러분들을 이끌겠소. 여러분들도 모두 내 명령에 잘 따라 줄 것이라고 믿소."

"두목님의 명령이라면 무슨 일이든지 하겠습니다."

"좋소, 그럼 먼저 나는 숲 속의 규칙을 세 가지만 정하겠소. 첫째로 우리 숲 속의 반역자들은 불쌍한 백성들을 괴롭히는 못된 귀족들과 관리들, 성직자들을 혼내주어야 하오.

둘째로 어떤 일이 있더라도 백성들의 편이 되어 그들을 위해야 한다는 것이오. 그리고 마지막으로 여자와 아이들은 설령 귀족이나 관리들의 부인, 자식들이라도 보호해 주어야 한다는 것이오. 오늘부터 모두들 이 세 가지를 명심하고 절대로 어기지 않도록 하시오."

숲 속의 반역자들은 모두 로빈 후드가 세운 세 가지 규칙을 따르기로 맹세했다. 그날부터 로빈 후드를 비롯한 숲 속의 반역자들은 숲 속을 지나가는 못된 관리들과 귀족들, 성직자들을 혼내주기 시작했다. 가난하고 힘없는 백성들을 괴롭히는 사람들은 숲을 지날 때 반드시 숲 속의 반역자들에게 붙잡혀 가진 것을 몽땅 빼앗기곤

했다. 그래서 귀족들과 돈 많은 성직자들, 지주들은 모두들 로빈 후드의 숲 속의 반역자들을 두려워하게 되었다.

"셔우드 숲을 지날 때는 푸른 옷을 입은 개들을 조심해야 한다. 그렇지 않으면 사정없이 물릴 것이다."

그러나 가난한 백성들은 서서히 숲 속의 반역자들을 사랑하고 존경하기 시작했다.

"어려움이 생기면 주저하지 말고 셔우드 숲으로 가라. 반드시 도움을 얻을 수 있을 것이다."

아이부터 어른까지 모든 백성들은 로빈 후드의 숲 속의 반역자들을 좋아했다.

숲 속의 반역자들은 백성들이 착취당했던 재물들을 모두 되찾아 주었기 때문이다. 백성들은 모두 로빈 후드의 숲 속의 반역자들을 '유쾌한 사람들'이라고 부르며 그들의 이야기를 퍼뜨리기 시작했다. 나중에는 영국 전역에 로빈 후드와 '유쾌한 사람들' 이름이 널리 퍼져 나가게 되었다.

하지만 로빈 후드의 명성이 퍼져갈수록, 관리들은 그를 붙잡기 위해 혈안이 되었다. 결국 산림관을 죽이고 왕의 사슴을 쏘아 죽인 죄로 로빈 후드의 목에는 200파운드라는 엄청난 상금이 걸리게 되었다. 이제 두 번 다시는 록슬레이 마을의 정다운 친구들과 행복한 나날을 보낼 수 없게 되어 버린 것이었다.

지울 수 없는 반역자의 낙인이 찍혀버렸다는 사실에 로빈 후드의 마음은 슬픔과 괴로움으로 가득 차게 되었다.

'아……. 모든 것들이 그립기만 한데, 이젠 돌이킬 수가 없게 되어 버렸구나.'

Robin·and·the·Tinker·
at·the·
BLUE·BOAR·INN·

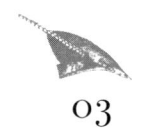

03

로빈 후드와 새로운 동료들

'유쾌한 사람들'에 대한 이야기가 널리 퍼져 나가자, 자연히 셔우드 숲에는 귀족들과 지주들의 발길이 뜸해지게 되었다. 그에 따라 로빈 후드와 그의 패거리도 매일같이 조용하고 평화로운 나날을 보낼 수가 있었다. 얼마 동안은 계속되는 평안함에 모두들 기뻐했지만, 날마다 아무런 일도 없이 하루하루를 지내는 것은 차츰 고역이 되어가기 시작했다. 결국 따분함을 참지 못한 로빈 후드는 재미있는 모험을 찾아 숲 속을 돌아다녀 보기로 했다.

"너희는 내가 부를 때까지 여기서 기다리도록 해라. 내가 부르는 소리나 잘 듣도록 주의하고 위급한 상황이 되면 내가 나팔을 세 번

불 테니 그때 나를 구하러 오는 거야."

　그렇게 말하고 로빈 후드는 휘파람을 불면서 혼자 숲 속을 거닐기 시작했다. 그는 인적이 드문 숲길을 헤쳐 나가며 혹시라도 재미있는 일이 없나 주위를 둘러보았다. 그러나 로빈 후드의 눈앞에 펼쳐진 숲은 어느 것 하나 변하지 않은 그대로의 모습이었다. 그렇게 한참을 걸어가던 중 그는 맑은 물이 흐르는 개울가에 도착을 하게 되었다. 개울에는 외나무다리 하나가 걸려 있었다. 로빈 후드는 다리를 건너려고 발을 딛다가 반대편에서 다리를 건너려고 하는 사람을 보게 되었다. 로빈 후드는 먼저 다리를 건너기 위해 발걸음을 빠르게 옮겼다. 그러나 상대편도 같은 생각을 하고 있는지 걸음을 빨리하기 시작했다. 이윽고 두 사람은 다리 중간쯤에서 마주치게 되었다. 사나이는 말했다.

　"내가 먼저 발을 디뎠으니 되돌아갔다 다시 건너거라."

　로빈 후드는 웃으면서 상대방에게 말을 건넸다.

　"당신이야말로 되돌아갔다가 다시 오시오. 내가 다리를 먼저 건너고 있었소!"

　상대방은 로빈 후드의 말에 코웃음을 쳤다. 그는 로빈 후드보다 훨씬 더 우람한 체격을 가진 사나이였다. 넓은 어깨와 탄탄한 가슴이 마치 성난 황소와도 같았고, 허리춤에는 커다란 칼을 찬 채 산사나무로 만든 굵은 장대를 손에 쥐고 있었다.

　"나를 비웃다니 혼이 나야 정신을 차리겠군. 네 녀석에게 숲의 본때를 보여 주도록 하지."

그리고는 재빨리 활에 화살을 메겨 사나이의 가슴을 겨냥했다. 그러나 사나이는 조금도 기가 죽지 않은 채 큰소리로 외쳤다.

"장대를 든 상대에게 활로 위협하는 것이 숲 속의 방식이냐? 정말 비겁하기 짝이 없구나."

"좋아, 잠시만 기다려라. 네 녀석을 혼내줄 테니."

로빈 후드는 화살을 거두고 숲으로 뛰어들어가 큼지막한 참나무장대를 하나 가져왔다.

"자, 덤벼 보거라!"

두 사람은 맹렬한 기세로 서로를 공격해 들어가기 시작했다. 로빈 후드의 장대가 번개처럼 사나이의 몸을 향해 날아갔고, 사나이의 장대는 로빈 후드의 공격을 능수능란하게 막아내면서 반격을 시도했다. 그들은 좁은 외나무다리에서 치고, 때리고, 서로의 공격을 막고, 받아 넘기면서 한참을 싸웠지만 좀처럼 승부가 나지 않았다.

'만만치 않은 녀석인데?'

두 사람은 모두 같은 생각을 하며 상대방을 공격하는 데 온 힘을 다했다. 두 사람의 장대는 사방을 쪼갤 듯이 허공을 가르기 시작했다. 그런데 격렬한 싸움 도중에 그만 로빈 후드의 장대가 부러지고 말았다. 사나이는 그 순간을 놓치지 않고 힘차게 로빈 후드를 공격했다.

"앗!"

로빈 후드는 사나이의 일격을 맞고 개울에 그만 빠져 버렸다.

사나이는 승리의 기쁨을 만끽하며 외나무다리에 걸터앉아 흠뻑 젖은 로빈 후드를 내려다 보았다.

"어이! 숲 속의 호걸나리. 거기서 뭘 하고 계시는 건가?"

"승부는 끝났소. 분하지만 내가 졌소. 이곳에서는 당신처럼 아직 나를 때려눕힌 사람이 없소. 덩치도 크지만 정말로 대단한 사람이군."

"자네도 용감하고 건장한 무사답게 잘 싸웠네."

사나이는 자신과 싸운 로빈 후드에게도 칭찬의 말을 아끼지 않았다.

로빈 후드는 강둑 근처의 나무를 붙잡고 간신히 기어올라 왔다. 그리고 그는 잠시 동안 사나이를 바라보더니 허리에 묶여있던 뿔나팔을 꺼내 들더니 힘차게 세 번 불었다. 서우드 숲 속으로 나팔소리가 길게 세 번 울려 퍼지고, 얼마 지나지 않아 로빈 후드와 사나이 앞으로 많은 부하들의 모습을 드러냈다.

"두목님? 무슨 일입니까? 머리부터 발끝까지 온몸이 흠뻑 젖었군요?"

"바로 저 사나이가 날 개울에 빠뜨렸다네."

"두목님을 이 꼴로 만들다니, 괘씸한 녀석!"

로빈 후드의 이야기를 들은 부하들은 일제히 칼을 빼들고 황소

같은 사나이에게 달려들기 시작했다.

"잠깐! 모두 멈춰. 이 사람은 나와 정정당당하게 승부를 한 거야."

로빈 후드는 급히 부하들의 행동을 제지하고 직접 사나이에게로 다가갔다.

"이봐, 형씨. 아주 훌륭한 솜씨를 가지고 있던데 혹시 우리들과 함께할 생각은 없나? 이미 눈치 챘는지도 모르겠지만 우리는 '유쾌한 사람들' 이라네."

"대충 짐작은 하고 있었지만 당신이 그 유명한 로빈 후드일 줄이야. 좋아, 자네가 나보다 활을 잘 쏜다면 기꺼이 한패가 되도록 하지."

"좋아, 지금 바로 승부를 겨루어 보자."

로빈 후드는 부하들에게 명령해 멀리 80미터쯤 떨어진 참나무 위에 작은 표적을 만들게 했다.

"표적은 저기 보이는 저것이야. 그럼, 당신이 먼저 쏴 보시오."

"저 정도쯤이야 문제없지."

사나이는 재빠르게 화살을 메겨 과녁을 향해 쏘았다. 사나이가 쏜 화살은 쏜살같이 날아가 과녁의 한가운데 정확하게 꽂혔다.

"좋은 솜씨로군. 이번엔 내 실력을 보여주지."

로빈 후드는 사내에게 빙긋이 웃음을 지어보이더니 활을 당겨 화살을 쏘았다. 화살은 일직선으로 날아가 사나이가 쏘았던 화살의 머리에 꽂히면서 화살을 두 갈래로 쪼개면서 과녁에 박혔다.

"로빈 후드가 영국에서 제일가는 명궁이라더니, 과연 소문이 틀리지 않았군. 좋소, 나도 이제부터 기꺼이 당신들과 함께하겠소."

사나이는 로빈 후드의 활솜씨에 탄복하며 '유쾌한 사람들'에 들어가기로 했다. 그러자 로빈 후드와 부하들은 새로운 식구가 늘어나게 된 것을 진심으로 기뻐했다.

"고맙소. 자, 그럼 오늘 그대처럼 훌륭한 오른팔을 얻었으니 이름부터 알려 줘야겠지?"

"사람들은 내 출신지를 따서 존 리틀이라고 부르오."

그 말이 끝나자마자 익살꾸러기인 윌 스타트레이가 큰소리로 외쳤다.

"존 리틀? 그 이름은 영 아니야. 차라리 리틀 존이 어때? 덩치는 크지만 귀엽고 깜찍한 리틀 존 말이야."

"리틀 존?"

로빈 후드와 부하들은 모두 손뼉을 치며 크게 웃음을 터뜨렸다. 리틀 존은 무안한지 얼굴이 빨갛게 달아올라 고개를 숙이고만 있었다.

"그럼 지금부터 집으로 돌아가 새로운 식구를 맞이한 기념으로 축하잔치를 열자!"

로빈 후드 일행은 숲 속의 보금자리로 돌아와 불을 피우고 사슴고기와 술로 성대한 잔치를 벌였다. 리틀 존은 로빈 후드를 제압할

정도로 실력이 뛰어났기 때문에 만장일치로 '유쾌한 사람들'의 2인
자가 되었다.

"리틀 존을 위하여, 새로운 2인자를 위하여 건배!"

사람들은 한 손에는 잔을 들고, 한 손에는 사슴고기를 든 채 숲
이 떠나갈 정도로 큰소리를 질렀다. 로빈 후드는 리틀 존에게 푸른
색의 멋진 옷과 길고 억센 활을 선물로 주었다. 이렇게 해서 '유쾌
한 사람들'은 자리를 잡아가게 되었다.

리틀 존이 들어온 이후로도 많은 사람들이 셔우드 숲으로 몰려
들었다. 그들은 모두 로빈 후드와 그의 패거리에 대한 명성을 듣고
'유쾌한 사람들'이 되기 위해서 찾아온 사람들이었다. 숲 속의 반
역자들은 기꺼이 그들을 한패거리로 받아들였고, 로빈 후드의 세
력은 날이 갈수록 커지기 시작했다.

한편, 노팅엄의 주지사는 로빈 후드를 붙잡기 위해 혈안이 되어
있었다. 또한 로빈 후드에게 걸려있는 200파운드의 현상금도 탐나
기도 했지만 그가 죽인 산림관은 바로 주지사의 친척이기 때문이
었다.

"체포영장을 가지고 당장 로빈 후드를 잡아 오너라. 로빈 후드를
잡아온 자에게는 금화 80냥을 상으로 내리겠다."

주지사는 부하들을 모두 불러 모아 로빈 후드의 체포명령을 내
렸다. 하지만 어느 누구 하나 자신 있게 나서는 사람이 없었다. 체

포영장을 가지고 숲 속으로 들어갔다가는 목숨이 성치 못할 것이라는 사실을 알고 있었기 때문이다. 하지만 주지사는 그런 사실을 전혀 모르고 있었다. 그는 로빈 후드가 훌륭한 활솜씨를 가지고 있다는 것도, 또한 수많은 부하들을 거느리고 있다는 것도 알지 못했다. 주지사는 체포영장만 들이대면 로빈 후드도 보통의 수배자들처럼 벌벌 떨면서 살려 달라고 애걸복걸할 것으로 생각했다.

"왜 아무도 나서는 사람이 없느냐? 잡아오기만 하면 될 것을 무얼 그리 망설이는 게냐."

주지사는 노기등등한 목소리로 부하들을 꾸짖었다. 그러자 보지 못한 부하들 중 한 명이 앞으로 나와 모든 것을 이야기하기 시작했다.

"주지사님께서는 잘 모르고 계시겠지만 그 녀석은 많은 부하들을 거느리고 있습니다. 이런 체포영장 따위를 보아도 눈 하나 깜짝하지 않을 것입니다."

"뭣이? 그럼 이 노팅엄에는 그놈을 잡아올 만한 훌륭한 무사가 한 명도 없다는 소리냐? 이런 무능한 것들!"

주지사는 노여움을 참지 못하고 길길이 날뛰었다. 하지만 무작정 화를 낸다고 해결될 문제가 아니었다. 현상금과 친척의 복수가 아니더라도 서우드 숲을 관리하고 있는 주지사의 입장에서 로빈 후드는 반드시 없애야 할 적이었다. 그는 흥분을 가라앉힌 후에 가장 신임하는 부하를 불렀다.

"네게 중요한 임무를 맡기도록 하겠다. 오늘이라도 당장 로빈 후드를 잡을만한 용사를 찾아 떠나거라. 전 영국을 다 뒤져서라도 꼭 내 앞에 데려와야 한다. 알겠느냐?"

평소 로빈 후드와 '유쾌한 사람들'의 소문을 익히 들어 왔던 주지사의 부하는 주지사의 명령이 불가능한 임무라고 생각되었으나 도저히 거절할 방법이 없었다. 만약 거절하더라도 곧장 주지사의 불호령과 함께 명령 불복종으로 자신은 큰 벌을 받게 될 것이 뻔했다.

"알겠습니다. 대신 시간을 넉넉하게 주십시오."

이튿날 날이 밝자마자 주지사의 부하는 로빈 후드를 무찌를 수 있는 용사를 찾기 위해 길을 떠났다. 그는 영국의 수도인 런던에 가면 그런 용사를 만날 수 있을지도 모른다는 생각에 힘차게 말을 달리기 시작했다. 그러나 노팅엄에서 런던까지는 무척이나 먼 여행길이었다.

'이제 겨우 절반밖에 오지 못한 건가? 휴, 근처 주막에라도 들러 목을 좀 축여야겠다.'

그 관리는 길 가에 자리한 주막으로 들어가 시원하게 맥주를 몇 잔 들이켰다. 그리고 나니 갈증도 가시고 정신이 아주 맑아지는 것만 같았다. 주위를 둘러보니 주막의 한쪽에서는 산림관과 신부 두 사람, 땜장이 등이 함께 어울려 거품이 이는 맥주를 마시며 흥겹게 노래를 부르고 있었다.

"어이! 그쪽의 젊은이! 괜찮다면 이리로 와서 함께 한 잔 하지 않겠나?"

산림관은 쓸쓸히 술을 마시고 있던 주지사의 부하에게 말을 걸었다. 그렇지 않아도 혼자 마시기 적적하던 차에 잘된 일이라고 생각한 부하관리는 흔쾌히 산림관의 제안을 받아들였다. 그는 자리에 앉아 사람들이 따라주는 대로 넙죽 넙죽 술을 받아 마시기 시작했다.

"자네는 혼자 어디를 가는 길인가? 급하게 달려온 것 같은데 말이야. 뭐 위급한 소식이라도 있나?"

"아닙니다. 주지사님의 명을 받아 로빈 후드를 붙잡을 만한 용사를 찾기 위해 런던으로 가고 있는 길입니다."

그는 본래 입이 가볍고 경솔한 인물이었다. 술 몇 잔이 들어가자 주지사가 비밀리에 지시한 것들을 모두 이야기하고 말았다.

"굳이 런던까지 갈 필요가 있겠소? 내게 한번 맡겨 보시구려. 반드시 그 녀석을 몽둥이로 때려잡아 주겠소."

그들의 옆에서 말을 듣던 땜장이는 커다란 몽둥이를 휘두르며 가슴을 두드렸다. 억세고 굵은 팔뚝에 탄탄한 몸집을 가진 땜장이는 여느 호걸 못지않은 용맹스러운 모습이었다. 주지사의 부하는 호언장담을 하는 땜장이가 믿음직스럽게 여겨졌다.

"정말이십니까? 좋습니다. 그렇다면 저와 함께 노팅엄으로 가시지요."

"좋소! 그깟 애송이 녀석쯤은 당장에라도 혼쭐을 내주도록 하겠소."

땜장이는 로빈 후드의 명성에 조금도 기가 죽지 않은 모습이었다. 부하관리는 기쁜 표정을 지으며 땜장이를 데리고 말을 달려 노팅엄으로 되돌아갔다.

그로부터 며칠 후, 로빈 후드는 노팅엄에서 무슨 일이 벌어지고 있는지 알아보기 위해 숲 속을 걸어가고 있었다. 매일같이 산채에서 시간을 보내는 것은 지루하기 짝이 없는 일이었기에 그는 가끔씩 숲 속을 지나는 행인들을 만나 노팅엄에서 일어나는 일들에 대해 듣는 것은 무척 즐거운 일이었다. 로빈 후드는 호기심과 즐거운 마음으로 휘파람을 불며 발걸음을 옮기고 있었다.

그러던 도중에 로빈 후드는 멀리서 한 사람이 흥겹게 노래를 부르며 길을 가고 있는 것을 보았다. 그 사람은 등에 연장주머니를 메고 커다란 몽둥이를 들고 있는 것으로 보아 예사 땜장이가 아닌 것은 틀림없었다. 로빈 후드는 재빨리 땜장이에게 다가가 인사를 건넸다.

"노래솜씨가 대단하구려. 그런 몽둥이를 들고 다니는 걸 보니 예사 인물은 아닌 것 같소만, 어디로 가시는 길이오?"

"로빈 후드를 잡으러 가는 길이오. 노팅엄의 주지사로부터 체포영장도 받아 왔지. 그 녀석을 때려눕히고 노팅엄으로 데려갈 생각이요. 그래 당신은 이곳에 사는 젊은이 같구만. 혹시 로빈 후드라는 놈을 보지 못했소?"

"알고는 있지만 그놈은 보통이 아니에요. 아마 당신이 당하게 될 거요. 거기에다 얼마나 재빠른지 당신 품 속의 체포영장까지도 순식간에 가져갈지 몰라요."

"자네는 나를 무시하는군. 걱정 마시오. 내가 반드시 그놈을 혼내줄 테니. 그런데 그놈은 어떻게 생겼소?"

로빈 후드는 빙긋이 웃으며 땜장이를 쳐다보았다.

"글쎄요, 모습은 나와도 비슷하다고들 하더군요. 키도 나이도 생김새도 나와 비슷해요. 눈동자가 파란 것까지도 똑같지요."

"그런 거짓말로 나를 속이려 들다니……, 그놈은 분명 엄청난 거인일 거야. 그렇지 않고서야 노팅엄 사람들이 그렇게 두려워할 이유 있나."

"믿지 못하겠다면 안 믿어도 좋아요. 난 사실을 말했을 뿐이니. 그나저나 체포영장이란 것 을 한번 보여 줄 수 있나요? 어떤 것인지 몹시 궁금하군요."

"그건 안 되지. 이건 아무에게나 보여 줄 수 있는 게 아니오."

"알겠어요, 하지만 대체 내가 아니라면 누구에게 보여줄 생각인지 모르겠군요. 아무튼 저 앞의 주막으로 함께 갑시다. 당신을 응원하는 뜻에서 내가 술이나 한잔 사도록 하겠소."

로빈 후드는 땜장이를 데리고 주막으로 들어갔다. 그곳은 숲 속이 눈으로 온통 뒤덮이면 리틀 존이나 윌 스튜어트 등과 함께 '유쾌한 사람들' 일행들이 자주 들르던 주막집이었다. 주막으로 들어온 로빈훗은 주인을 불러 한쪽 술에는 독한 술을 달라고 은밀하게 부탁을 했다.

"자, 내가 사는 것이니 마음껏 마셔도 좋소. 용사를 위해 건배!"

땜장이는 아무것도 모른 채 신나게 술을 마시기 시작했다. 그리고 얼마 지나지 않아 땜장이는 그만 술에 취해 깊은 잠에 빠지고 말았다. 로빈 후드는 그 모습을 지켜보다가 큰소리로 웃음을 터뜨렸다. 그는 땜장이 품 속에서 체포영장을 꺼내 자신의 주머니에 집어넣었다.

'자네가 진짜 영리한 도둑 로빈 후드를 쫓아 오려면 한참 멀었다네.'

그러고 나서 주인을 불러 말했다.

"주인장 여기 술값을 받게. 그리고 이 남자가 깨어나거든 다시 술값을 받게나. 만약 돈이 없다고 하면 술값 대신 옷과 연장을 빼앗아 버리게. 그럼 두 번 다시 상금을 노리고 숲 속에 오는 놈들이 없겠지."

로빈 후드와 주인은 마주보며 한바탕 크게 웃었다.

저녁 무렵이 되어서야 땜장이는 간신히 눈을 뜰 수가 있었다. 그는 벌떡 일어나 주위를 둘러보았으나 자신과 함께 술을 마시던 젊은이는 온데간데없었다. 그제야 땜장이는 퍼뜩 정신을 차리고 품 속에 손을 넣어 보았다. 주머니 속에 당연히 있어야 할 체포영장이 없어진 것을 알게 되었다.

"앗! 이럴 수가⋯⋯, 이봐, 주인장! 아까 나와 함께 왔던 녀석은 어디 갔소?"

"아. 로빈 후드 님 말씀이군요? 아까 전에 돌아가셨답니다."

"뭐라고?"

땜장이는 하늘이 노랗게 변하는 것만 같았다. 그는 너무나 당황한 나머지 얼굴이 하얗게 질리기 시작했다.

"네 이놈! 그 녀석이 로빈 후드라는 것을 내게 말하지 않은 걸 보니 네 녀석도 한패였구나. 로빈 후드 대신 네놈에게 몽둥이맛을 보여 주겠다."

땜장이는 솟구쳐 오르는 분노를 이기지 못하고 주막집 주인에게 달려들었다.

"아니, 이게 무슨 짓입니까? 다짜고짜 몽둥이를 휘두르다니요. 전 당연히 알고 계시는 줄 알았습니다."

주인은 황급히 뒤로 물러나며 태연하게 시치미를 떼었다.

"내 인심이 네놈을 살린 줄 알아라. 두고 봐라. 내 반드시 그놈을 때려잡고야 말겠다."

땜장이는 분노를 참지 못하고 움켜쥔 주먹을 부르르 떨더니 몸을 돌려 나가려 했다.

"가실 때 가시더라도 술값은 내고 가시지요."

"뭣이 어째? 그놈이 술값을 내지 않았어?"

"당신이 술값을 내실 거라고 하던데요? 어서 주십시오. 안 그러면 고발하도록 하겠습니다."

"로빈 후드, 이 도둑놈······. 미안하지만 지금 수중에는 돈이 한 푼도 없다네, 다음에 주도록 하지."

"그럼 겉옷과 연장이라도 두고 가십시오. 그렇지 않으면 저기 있는 사나운 개들을 풀어놓겠습니다."

"알았소, 알았으니 제발 개들은 풀지 마시오."

땜장이는 겉옷과 연장을 모두 내려놓고 주막을 나섰다. 땜장이의 머릿속은 온통 로빈 후드에 대한 복수로 가득 차 있었다.

'비겁한 산도적놈, 절대 가만 두지 않겠다.'

땜장이는 빈손으로 터덜터덜 길을 되돌아가기 시작했다.

로빈 후드는 저녁때가 지나고 달이 밝아오자 땜장이를 다시 만나기 위해 숲 속으로 발길을 옮겼다. 그는 한손에 큼지막한 참나무 몽둥이를 들고, 허리춤에는 기다란 뿔나팔을 찬 채로 오솔길을 걸어가기 시작했다. 아니나 다를까, 저편에서 땜장이가 투덜거리며 길을 걸어오고 있었다.

"또 만났구려. 덕분에 술은 잘 마셨소. 달도 밝은데 흥겹게 노래나 한 소절 불러 보는 것이 어떻겠소?"

"뭣이? 단단히 각오해라. 이 낯짝 두꺼운 산도적놈아! 네놈을 가만 두지 않겠다."

"어디 한번 마음대로 해 보시지!"

두 사람은 양손에 몽둥이를 꽉 움켜쥐고는 서로를 노려보기 시작했다. 그리고 커다란 함성을 지르며 서로의 몸을 향해 힘차게 몽둥이를 내질렀다. 나무와 나무가 맞부딪히는 소리, 두 사람의 기합 소리가 숲에 울려 퍼지기 시작했다. 땜장이는 참았던 분노를 터뜨리며 맹렬하게 로빈 후드에게 공격해 들어갔지만, 로빈 후드는 쉽게 그 공격을 받아 넘겼다.

'얕볼 상대가 아니로군. 힘들어지겠는데?'

땜장이는 한 발 뒤로 물러섰다가 있는 힘을 다해 로빈 후드를 내려쳤다. 그러자 땜장이의 공격을 막던 로빈 후드의 몽둥이가 그만 두 동강이 나고 말았다.

"자, 이제 항복해라. 그러지 않으면 네놈의 머리통을 박살내 주겠다."

땜장이는 의기양양한 모습으로 로빈 후드를 노려보았다. 그러나 로빈 후드는 아무런 말도 없이 싱긋 웃으며 뿔나팔을 크게 세 번 불렀다.

"뿔나팔을 부는 거야 네 자유니까 상관않겠다만, 어서 결정하도록 해. 순순히 나와 노팅엄으로 갈 테냐? 아니면 이 자리에서 내 몽둥이에 맞아 죽을 테냐?"

그때 갑자기 주위에서 푸른 옷을 입은 수십 명의 사나이가 모습을 드러냈다.

"두목님? 대체 무슨 일이십니까?"

"글쎄, 저 땜장이 선생께서 날 노팅엄으로 잡아가서 교수대에 내 목을 매달려고 하는구만."

로빈 후드는 빙그레 미소를 지으며 손가락으로 땜장이를 가리켰다.

"건방진 놈. 그렇다면 저 녀석부터 교수대에 매달아야겠군. 애들아! 저 녀석에게 본때를 보여주자!"

리틀 존과 부하들은 일제히 몽둥이를 쥐고 땜장이를 향해 달려들었다. 그러자 그 모습을 지켜보던 로빈 후드가 갑자기 소리쳤다.

"모두 잠깐 기다려! 저 사람은 비록 땜장이긴 하지만 나와 정면으로 싸울 수 있을 정도로 훌륭한 실력을 가진 호걸이다. 난 그와 같은 호걸이 우리와 함께해 주었으면 좋겠다.

이봐! 땜장이, 우리 패에 들어오지 않겠나? 당신이 알고 있는지 모르겠지만, 우리는 절대로 백성들의 것을 빼앗지 않아. 우리가 혼내주는 것은 못된 귀족들과 관리들뿐이야. 어때? 자네도 매일 맛있는 사슴고기와 달콤한 케이크와 치즈, 벌꿀을 먹으며 즐거운 생활을 보내고 싶지 않나? 우린 자네와 같은 호걸이 필요해, 부디 '유쾌한 사람들'에 들어와 주게."

"좋아, 그렇다면 당신들과 행동을 같이 하도록 하지. 나도 여태껏 당신처럼 뛰어난 솜씨를 지닌 사람을 보지 못했어. 비록 당신이 나를 속이긴 했지만 당신같이 강인하고 영리한 사람이라면 기꺼이 두목으로 섬기도록 하겠네."

로빈 후드와 땜장이는 굳게 두 손을 마주 잡았다. 부하들은 두 사람을 둘러싸고 환호성을 질러대기 시작했다.

04

노팅엄에서 열린 활쏘기 대회

믿었던 땜장이마저 로빈 후드와 한패가 되자, 주지사는 이 사실을 런던에 있는 국왕인 헨리 2세에게 그 사실을 고했다. 그러나 헨리 2세는 주지사의 무능력함과 나태함을 꾸짖고 당장 노팅엄으로 돌아가서 로빈 후드를 잡을 묘안을 생각해 내라고 명령했다. 국왕께 자신의 어려운 점과 로빈 후드에 대한 체포에 도움을 받으러 갔던 주지사는 도움은커녕 오히려 왕의 꾸짖음만 잔뜩 받은 채 노팅엄으로 돌아왔다.

한동안 많은 생각을 한 주지사는 부하들과 함께 로빈 후드를 잡을 작전을 바꾸기로 했다. '유쾌한 사람들'에게 힘으로 맞서기에는 도무지 당해낼 재간이 없었기 때문이었다. 주지사와 부하관리들은 한 가지 꾀를 내어 로빈 후드를 노팅엄으로 유인할 계략을 세웠다. 그들은 노팅엄에서 대규모 활쏘기 대회를 열고, 1등에게는 황금화살을 상으로 주겠다는 공고를 영국 전역에 퍼뜨리기 시작했다.

활쏘기 대회가 열린다는 소식은 셔우드 숲 속에도 전해졌다. 로빈 후드는 속이 훤히 들여다보이는 주지사의 계략을 비웃어 주고 싶은 마음에 대회에 참가할 뜻을 밝혔으나, 부하들의 반대에 부딪히게 되었다.

"함정이라는 것을 뻔히 알면서도 대회에 참가하는 것은 너무 위험합니다."

"그건 나도 알고 있지만 그래도 우리에게는 용감한 140명의 부하들과 내가 있다. 난! 비겁하게 도망치지 않아. 변장만 잘 하고 가면 산림관 녀석들도 우리를 눈치 채지 못 할 거야."

로빈 후드가 워낙 단호한 태도로 나오자, 다른 부하들도 더 이상 로빈 후드를 말리지 못했다.

며칠 후, 노팅엄에서 활쏘기 대회가 열렸다. 이른 아침부터 활짝 열린 성문으로 각지에서 모여든 대회 참가자들과 구경꾼들이 물밀듯이 올라왔다. 산림관들과 병사들은 로빈 후드를 찾기 위해서 성안의 모든 사람들을 유심히 살펴보았지만 로빈 후드의 특징이라고 들었던 독수리처럼 날카로운 눈매를 지닌 무사는 좀처럼 찾을 수가 없었다.

"오긴 오는 거야? 전부 농부들이나 촌사람들뿐이잖아."

길목을 지키고 있던 산림관들과 병사들은 금세 심드렁해지게 되었다. 그들은 시시한 우스갯소리를 주고받으면서 지루함을 달래기 시작했다.

그때, 애꾸눈의 사나이가 찢어진 누더기 옷을 입고 커다란 활을 둘러멘 채 어슬렁어슬렁 성문을 지나갔다. 몹시 남루한 차림새를 하고 있었기 때문에 산림관들은 배를 잡고 웃어대면서 사나이를 놀려댔다.

"참가 제한이 없으니 거지나 장님들도 전부 몰려드는구만."

산림관들과 병사들은 자신들이 비웃은 사나이가 그토록 찾던 로빈 후드일 줄은 꿈에도 생각하지 못했다.

얼마 후, 노팅엄의 중앙광장에서 활쏘기 대회가 시작 되었다. 황금화살을 가지기 위해 곳곳에서 몰려든 활의 명수들은 저마다 과녁을 향해 활시위를 당기기 시작했다. 구경꾼들은 화살이 과녁으로 날아들 때마다 커다란 함성을 질러댔다.

많은 궁사들 중에서 가장 눈에 띄는 솜씨를 가진 사람은 주지사의 부하인 빨간 모자를 쓴 길버트와 누더기 옷을 입고 있는 애꾸눈 사나이였다. 특히 누더기 옷의 사나이가 내노라 하는 활의 명수들을 꺾을 때마다 주위에서는 엄청난 함성이 들려왔다.

"와! 빨간 모자 잘 한다."

시간이 흘러가면서 승부는 점점 좁혀지게 되었다. 그리고 마지막에는 주지사의 최고 궁사인 빨간 모자 길버트와 누더기 옷의 애꾸눈 사나이가 승부를 겨루게 되었다. 경기를 관전하고 있던 주지사는 자리에서 일어나 주위를 둘러보며 큰소리로 외쳤다.

"역시 영국 제일의 명궁을 뽑는 대회라 모두들 훌륭한 실력을 가지고 있군그래. 로빈 후드의 일당은 한 놈도 나타나지 않았지? 역시 비겁한 놈들이야. 숲 속이 아니면 싸우지도 못하는 녀석들이지."

누더기 옷을 입은 애꾸눈 사나이로 변장한 로빈 후드는 그 말에 코웃음을 쳤다.

"흥! 잠시만 기다려라. 네놈의 간담을 서늘하게 해 줄 테니……."

드디어 주지사의 선언과 함께 결승전이 시작되었다. 승부는 각자 화살 세 발씩을 쏘아 결정하기로 했다. 길버트와 애꾸눈 사나이는 숨을 가다듬고 활을 쏠 준비를 하기 시작했다.

길버트가 먼저 활을 쏘았다. 그의 화살은 힘차게 날아가 과녁의 한복판에서 조금 떨어진 곳에 꽂혔다.

"와! 역시 길버트야!"

사람들은 모두 길버트의 활솜씨에 혀를 내둘렀다. 그러나 애꾸눈 사나이는 조금도 긴장하지 않은 모습이었다. 그는 잔잔한 미소를 머금은 채 과녁을 바라보더니 빠르게 활시위를 당겼다. 그러자 화살은 바람을 가르며 과녁의 정중앙에 정확하게 꽂혔다.

"말도 안 돼! 저럴 수가……."

주지사와 길버트를 비롯한 많은 사람들은 눈이 휘둥그레졌다. 그들은 모두 애꾸눈의 사나이를 시골의 이름 없는 촌뜨기 궁사 정도로 생각하고 우습게 여기고 있었기 때문이었다. 두 번째도 마찬가지였다. 길버트의 화살은 과녁의 중앙에서 조금 벗어났지만, 애꾸눈 사나이의 화살은 과녁의 중앙을 꿰뚫었다.

길버트는 분한 마음에 입술을 깨물고 마지막 화살을 날렸다. 온 힘을 다해 쏜 화살은 똑바로 날아가 과녁의 한복판에 그대로 꽂히게 되었다. 그러나 애꾸눈의 사나이가 쏜 화살은 과녁의 정중앙에 꽂혀있던 길버트의 화살을 튕겨내며 정확하게 과녁의 한복판을 꿰뚫었다. 많은 사람들은 어안이 벙벙하여 아무런 말도 없이 서로 마주보고 있을 뿐이었다. 잠시 후 대회장은 우레와 같은 함성으로 떠나갈 듯했다.

"애꾸눈이 최고다! 애꾸눈 만세."

애꾸눈 궁사는 관중들의 박수갈채를 받으며 주지사로부터 직접 황금화살을 하사받았다.

"정말 훌륭한 솜씨였네. 혹시 나를 위해서 일할 생각이 없나? 당장에라도 자네를 대장으로 임명하겠네."

"죄송하지만 사양하도록 하겠습니다. 저는 다만 자유롭게 살고 싶을 뿐입니다."

애꾸눈의 사나이는 주지사의 제안을 뿌리치고 경기장을 벗어났다. 주지사는 뛰어난 명궁을 놓쳤다는 사실이 안타까웠지만, 활쏘기 대회가 성공적으로 치러진 것이 매우 만족스러웠다. 그는 그날 저녁 자신의 저택에서 활쏘기 대회에 참가했던 자신의 부하들을 위해 큰 연회를 열었다. 주지사를 비롯한 많은 관리들은 활쏘기 대회장에 모습을 나타내지 않았던 로빈 후드의 패거리를 노팅엄 최고의 겁쟁이라 비웃으면서 대회의 성공을 자축하기 시작했다.

그때, 난데없이 화살이 날아와 주지사 앞의 테이블에 꽂혔다.

"아니 이건?"

그것은 오늘 활쏘기 대회에서 최고의 궁사에게 주지사가 직접 애꾸눈의 사나이에게 주었던 황금화살이었다. 화살대에는 편지가 메어 있었다. 주지사는 곧바로 편지를 펴 읽어 보았다.

> 존경하는 주지사님, 그대에게 신의 은총이 함께하길. 내가 당신을 축복하는 이유는 당신이 감사하게도 오늘 이 황금화살을 다름 아닌 나 로빈 후드에게 주었기 때문이오. 이 황금화살은 돌려드리도록 하겠소.
>
> – 로빈 후드

주지사는 온몸을 부들부들 떨면서 편지를 구겨 바닥에 내팽개쳤다.

"이런 바보들 같으니라고! 완전히 속았어!"

"그게 무슨 말씀입니까?"

"아까 그 애꾸눈이 로빈 후드였단 말이다!"

주지사의 말을 듣자 부하들은 모두 고개를 끄덕였다.

"어쩐지 활솜씨가 비범하다 싶었는데, 로빈 후드였군요."

주지사는 분을 참지 못하고 부하들에게 지금 당장 로빈 후드를 잡아오라며 길길이 날뛰었다. 하지만 부하들은 모두 꿀 먹은 벙어리처럼 주지사의 눈치만 살피고만 있었다.

주지사는 체포영장으로도, 계략으로도 로빈 후드를 체포하지 못하자 힘으로라도 로빈 후드를 붙잡아야겠다고 생각했다. 그는 부하들을 모아놓고 명령을 내렸다.

"모두들 5명씩 한 조가 되어 숲 속에 숨어 있다가 로빈 후드를 붙잡아라. 만일 적의 수가 더 많을 때에는 나팔을 불어 동료들을 부르면 될 것이야. 만약 그놈을 잡아 온다면 100파운드의 상금을 주겠다. 로빈 후드뿐만 아니라 그 패거리를 붙잡아 오는 사람에게도 40파운드의 상금을 줄 테니 반드시 녀석들을 잡아 오너라."

부하들과 병사들은 모두 상금에 눈이 멀어 기세등등하게 셔우드 숲 속으로 쳐들어갔다. 5명씩 60개조로 나누어 3백여 명이나 되는 사람들이 로빈 후드를 잡기 위해 숲으로 몰려들자, 로빈 후드와 '유쾌한 사람들'은 대책을 강구하기 시작했다.

"3백 명이라고는 하지만 모두 오합지졸입니다. 한 번에 쓸어버

립시다."

리틀 존을 비롯한 다른 부하들은 모두 칼과 활을 높이 처들고 전의를 불태웠다. 그러나 로빈 후드는 고개를 가로저었다.

"모두들 진정하고 내 이야기를 들어봐. 자네들도 알다시피 나는 산림관을 죽인 적이 있어. 비록 못된 관리였지만 남의 생명을 빼앗은 것은 아직도 내 마음을 괴롭게 만들고 있다네. 그래서 나는 앞으로 나도 자네들도 두 번 다시 사람을 죽이는 일이 없었으면 좋겠네. 우리가 살아가는 이 숲 속에서 피를 흘려야 한다는 것은 무척 괴롭고 슬픈 일이잖아. 그러니 우리 모두 조금만 참도록 하지. 우리의 생명이 위태로워질 때가 왔을 때, 반드시 싸워야 할 때가 오면 그때 목숨을 아끼지 않고 싸우면 되는 거야."

부하들은 도저히 로빈 후드의 말을 납득할 수가 없었다. 싸우지 않는다면 주지사는 물론이고 마을의 다른 사람들까지도 자신들을 비겁한 사람이라고 비웃을 것이 뻔했기 때문이다. 그러나 로빈 후드의 간곡한 설득으로 인해 '유쾌한 사람들'은 몸을 숨기고 조금 더 상황을 지켜보기로 했다. 결국 3백여 명이나 되는 군수의 부하들은 숲 속을 샅샅이 헤치고 다녔음에도 불구하고 푸른 옷을 입은 사나이들의 모습을 발견할 수가 없었다.

일주일이 지나고 난 뒤, 로빈 후드는 부하들 중에서 윌 스타트레이를 불렀다.

"놈들이 언제까지고 이곳에 머무를 수는 없을 거야. 벌써 일주일이 지났으니, 자네가 가서 녀석들이 어떻게 하고 있는지 좀 살펴보고 오게."

로빈 후드의 명령에 따라 윌은 신부 차림을 하고, 옷 속에 칼을 숨긴 채 길을 떠났다. 과연 숲 속에는 로빈 후드의 패거리를 붙잡기 위해서 아직도 많은 병사들이 돌아다니고 있는 중이었다. 윌은 모자를 깊숙이 눌러 쓴 채로 자세한 내막을 알아 보기 위해 자주 가던 주막집에 들어가 보기로 했다.

'주지사의 부하놈들도 주막에 많이 들렀을 게 분명해. 주인이라면 여러 가지를 알고 있을 거야.'

그러나 주막에서는 여러 명의 산림관들이 와자지껄하게 떠들며 술을 마시고 있었다. 모두의 이목이 집중되었기 때문에 다시 돌아나갈 수도 없는 노릇이었다. 윌은 정체가 탄로날까 두려워 한쪽 구석에 앉아 주인이 다가오기만을 기다렸다. 주막집 주인은 그저 어떤 신부가 숲을 지나다가 잠시 쉬어가는 것으로 생각하고는 변장한 윌에게 눈길 한번 주지 않았다. 그러나 주막집 주인의 딸인 마켄은 유심히 그 광경을 지켜보고 있었다.

그때, 갑자기 주막집의 고양이가 윌에게 달려들더니, 그의 무릎 위로 기어 올라와 신부복을 들추었다. 윌은 당황한 나머지 황급히 옷을 여미었지만, 산림관들은 신부복 속에 보이는 푸른 옷을 놓치지 않았다.

'분명히 푸른 옷을 입고 있었어. 로빈 후드의 패거리가 분명해.'

산림관들은 수상쩍은 눈초리로 윌을 훑어보더니 큰소리로 말을 건네기 시작했다.

"신부님, 어디 가시는 길이오?"

혹시라도 자신의 목소리를 알 수 있는 자가 있다고 생각한 윌은 거친 목소리로 대답했다.

"켄터베리에 순례를 가는 길입니다."

"그런데 왜 신부복 속에 푸른 옷을 입고 가지? 이 숲 속에서 푸른 옷을 입는 사람들은 로빈 후드의 패거리뿐인 걸로 아는데?"

산림관의 말을 듣자 윌은 안색이 창백해지기 시작했다.

"역시, 네놈은 로빈 후드의 패거리로구나. 조금이라도 움직이면 네 녀석의 목을 한 칼에 베어 버리겠다."

산림관들은 커다란 칼을 뽑아들고 윌을 향해 덤벼들었다. 윌도 옷 속에 숨겨놓은 칼을 빼들고 맞섰으나, 워낙 많은 수의 산림관들이 공격해 오자 어찌할 수가 없었다. 윌은 온 힘을 다해 대항했지만 결국 산림관들에게 머리를 맞고 피를 흘리며 그 자리에 쓰러지고 말았다.

산림관들은 피투성이가 된 쓰러진 윌을 데리고 노팅엄으로 돌아갔다. 그 모습을 지켜보던 주막집 주인의 딸인 마켄은 즉시 '유쾌한 사람들'에게 달려가기 시작했다.

"로빈 후드 님, 윌 스타트레이가 주막에서 관리 녀석들에게 붙잡혔어요."

마켄은 숨을 헐떡이며 로빈 후드에게 자초지종을 설명했다.

"내일 노팅엄 광장에서 목을 매단다고 했어요. 이를 어쩌죠?"

"그놈들 마음대로는 안 될 테니 걱정 말아라."

로빈 후드는 힘차게 뿔나팔을 불었다. 그러자 140여 명의 부하들이 숲 속에서 뛰쳐나와 그의 곁으로 몰려왔다.

"상황을 살피러 나갔던 윌이 체포되었다. 나는 내일 그를 구출하러 노팅엄에 갈 것이다. 만약 그를 구하지 못한다면 나도 그 자리에서 함께 죽을 작정이다!"

로빈 후드는 비장한 각오로 부하들을 불러 모았다.

"두목님, 우리들도 함께 가게 해 주십시오. 우리들 모두 동료를 위해서라면 목숨도 아깝지 않습니다."

리틀 존은 주먹을 움켜쥐고 큰소리로 외쳤다.

"만일 우리 중에서 목숨이 아까운 놈이 있다면 옷을 벗겨 두들겨 팬 후 숲에서 내쫓아 버리세! 다들 어떤가?"

"옳소! 옳소!"

부하들 모두는 힘찬 함성을 질러댔다.

다음날, 로빈 후드와 '유쾌한 사람들'은 숲 속의 병사들을 피해 노팅엄 거리로 들어가는 골짜기에 모였다. 그들은 조심스럽게 몸을 숨기고 상황을 살폈다. 때마침 노팅엄의 성벽으로 통하는 큰길에 늙은 순례자 한 명이 지나가자, 로빈 후드는 부하를 시켜 소식을 물어보게 했다.

"윌 스타트레이? 숲 속의 '유쾌한 사람들' 중 한 명 말이오? 오늘 해가 넘어갈 무렵에 노팅엄 거리의 성문에서 4백 미터쯤 떨어진 세 갈래 길에서 목이 매달릴 거라고 하더군. 못된 주지사 놈에게 붙잡히다니, 정말 안타까운 일이야. 로빈 후드가 그를 구해 주면 좋으련만……."

노인은 혀를 차면서 지팡이로 땅을 두드렸다.

"로빈 후드라면 꼭 부하를 구할 겁니다. 고맙습니다. 노인장, 안녕히 가십시오."

부하는 급히 돌아와 로빈 후드에게 소식을 전했다. 로빈 후드는 고개를 끄덕이고는 잠시 생각에 잠기더니 부하들을 돌아보았다.

"시간이 얼마 남지 않았으니, 이제 노팅엄으로 들어 가도록 하자. 모두들 구경꾼 속에 섞여서 주지사나 관리들이 절대로 눈치 채지 못하도록 해야 한다. 단, 서로 떨어지면 안 된다는 것을 명심해야 한다. 성 밖으로 나오게 되면 죄수들과 간수들에게 가까이 다가 가야 한다는 것을 잊지 말고, 돌아올 때는 모두 함께 돌아오는 거다."

로빈 후드와 그의 패거리들은 하나둘씩 성안으로 들어가기 시작했다.

얼마 지나지 않아 해가 서쪽 하늘로 낮게 기울어졌고, 성벽에서는 커다란 은 나팔 소리가 힘차게 들려왔다. 이미 노팅엄의 거리는 발 디딜 틈조차 없이 구경꾼들로 가득 차 있었다.

굳게 닫혀있던 성문이 열리고, 주지사를 비롯한 관리들과 병사들이 윌 스타트레이를 끌고 나왔다. 모진 학대와 고문을 받았는지 윌은 온몸이 상처투성이였다. 피를 너무 많이 흘린 탓에 그의 얼굴은 창백하기 이를 데 없었으며, 곳곳에 피가 엉겨 붙어 끔찍한 모습을 하고 있었다. 윌은 혹시라도 로빈 후드와 동료들이 자신을 구하러 오지 않을까 하는 생각에 힘겹게 고개를 들어 주위를 둘러보았으나 낯익은 사람은 보이지 않았다.

'아무도 오지 않았구나…….'

일말의 기대감조차 허무하게 무너져 내리게 되자, 윌은 여기서 자신의 목숨이 끝나게 된다는 사실을 받아들일 수밖에 없었다.

"주지사 영감, 마지막 부탁이 있소. 내게 칼을 한 자루 주시오. 비록 상처 입은 몸이지만 죽더라도 명예롭게 싸우다 죽고 싶소이다."

윌은 가느다랗지만 당당한 목소리로 주지사에게 말했다. 그러나 주지사는 매몰차게 윌의 부탁을 거절했다.

"닥치거라, 이 도적놈아! 너 같은 하찮은 도둑놈에게는 교수대가 제격이야. 네놈의 뒤를 이어 너희 두목인 로빈 후드도 매달아 줄 테니 기도나 해라."

그러자 윌은 주지사에게 이를 박박 갈며 외쳤다.

"우리 두목이 인정이 많아 당신을 살려두었지만, 나를 죽이고 나면 당신의 목숨도 사라지게 될 것이다. 두고 보아라! 이 더러운 놈아!"

월도 악에 받쳐 큰소리로 주지사를 욕하기 시작했다. 그러는 사이 어느덧 주지사의 행렬은 교수대가 위치한 곳에 다다랐다. 성문가까이에 있는 교수대에 이르자, 월의 눈앞에는 성문 밖 푸르른 숲이 보이기 시작했다.

'아무도 날 구하러 오지 않다니……, 이렇게 허무하게 죽는구나.'

월의 눈가에서는 눈물이 핑 돌았다. 그는 절망에 빠져 고개를 늘어뜨린 채로 병사들에게 힘없이 끌려가기 시작했다.

그런데 그 순간 월의 눈앞에는 반가운 얼굴들이 보였다. 그들은 바로 꿈에도 잊지 못할 셔우드의 동지들이었다. 모두들 교묘하게 변장을 하고 있던 탓에 월조차도 미처 알아 볼 수가 없었던 것이었다.

'아……, 역시 모두들 나를 구하러 와 주었구나…….'

월은 재빨리 주위를 둘러보았다. 아니나 다를까 셔우드의 동지들은 구경꾼들의 틈을 헤집고 병사들 쪽으로 가까이 오고 있었다.

"이놈들아! 어서 썩 물러가지 못할까!"

주지사는 좌우에서 밀고 밀리는 구경꾼들을 향해 고래고래 소리를 질러댔다. 하지만 장내는 더욱 소란스러워지기 시작했고, 마침내 커다란 소동이 벌어지고 말았다. 그 틈을 이용해 리틀 존은 파수병들의 사이를 뚫고 월에게 다가갔다.

"뭣들하고 있는 거야! 저놈이 죄수를 빼내려고 하고 있지 않느냐! 어서 빨리 저놈을 잡아라!"

주지사는 칼을 빼들고 병사들에게 호통을 치기 시작했다. 그러나 리틀 존은 오히려 주지사의 칼을 빼앗아 버렸다.

"어이, 윌……, 주지사 영감이 내게 칼까지 선물을 해줬으니 아무 걱정 말라고."

리틀 존은 재빨리 윌에게 다가가 그를 묶고 있던 밧줄을 자르고 윌을 데리고 쏜살같이 도망쳤다.

"저 두 놈을 잡아 죽여라!"

주지사는 성난 황소처럼 부르짖으며 말을 몰아 두 사람의 뒤를 쫓았다. 병사들도 황급히 주지사의 뒤를 따라 리틀 존과 윌을 향해 달려갔다. 그러자 리틀 존은 뒤를 돌아보며 큰소리로 외쳤다.

"목숨이 아깝지 않다면 계속 따라와 보거라."

잠시 후, 날카로운 뿔나팔 소리가 울리더니 주지사와 부하들을 향해 비 오듯 화살이 쏟아지기 시작했다. 곧이어 여기저기에서 칼이 부딪히는 소리와 함께 살려달라는 아우성이 들려왔다.

이윽고 화살 한 대가 바람을 가르며 날아와 주지사의 머리카락을 스쳐 지나갔다.

"후퇴하라! 그렇지 않으면 모두 죽고 만다."

주지사는 깜짝 놀라 황급히 달아나기 시작했다. 부하들도 주지사의 뒤를 따라 허둥지둥 말머리를 돌려 도망칠 수밖에 없었다.

결국, 노팅엄의 주지사는 로빈 후드를 붙잡으려고 세 차례나 안간힘을 썼지만 모두 실패하고 말았다. 오히려 마지막에는 목숨까지도 잃을 뻔했기 때문에 그는 이런 생각까지 하였다.

'이놈들은 신도, 인간도, 왕도, 왕의 관리들도 무서워하지 않는군. 이러다가는 관직보다는 내 목숨이 위태롭겠어. 더 이상 그들을 건드리지 말아야지.'

그 사건 이후 그는 며칠 동안 집에 틀어박혀 침울한 표정을 지은 채 아무도 만나지 않았다.

05

주지사의 부하가 된 리틀 존

얼마 후, 노팅엄에서는 5년마다 벌어지는 큰 축제날이 돌아왔
다. 10월에 열리는 이 축제는 다른 마을 사람들까지 전부 모여드는
커다란 행사였다. 축제 기간 동안에는 수많은 대회들이 열리곤 했
는데, 그중에서도 활쏘기 대회는 사람들에게 가장 인기가 높은 대
회였다.

그러나 주지사는 혹시라도 로빈 후드의 일당들이 올까 두려워
축제를 하고 싶지 않은 마음이 간절했지만 5년마다 열리는 행사였
고, 또한 시민들이 로빈 후드가 두려워 행사를 하지않는 것으로 비
웃을까 두려워 마지못해 행사를 열기로 하였던 것이었다.

더군다나, 올해의 활쏘기 대회 우승자에게는 커다란 황소 두 마리가 상으로 돌아갈 예정이었기 때문에 노팅엄에는 예전보다 더 많은 인파가 몰려들게 되었다.

서우드 숲 속의 '유쾌한 사람들' 역시 활쏘기 대회에 대한 소식을 듣고 대회에 참가할 대표를 정하게 되었다. 로빈 후드는 동지들을 모두 모아놓고 이야기를 시작했다.

"자, 모처럼만에 열리는 활쏘기 대회니 우리도 대표를 정해서 대회에 참가하도록 하는 게 어때? 나는 전에 참가한 적이 있으니 이번에는 리틀 존, 네가 한번 나가 보는 게 좋을 것 같은데?"

"물론이죠! 동지들을 대신해 반드시 1등을 차지하도록 하겠습니다."

리틀 존은 벌떡 일어나서 주먹을 움켜쥐고 큰소리로 외쳤다. 그러자 모두가 힘찬 박수로 리틀 존을 격려해 주었다.

"그래, 대신 네 얼굴은 여러 사람에게 알려져 있으니 꼭 조심해야 해."

"염려 마세요. 두목은 내가 변장하는 데 선수라는 걸 잊은 건 아니겠지요?"

리틀 존은 걱정스러운 표정으로 자신을 바라보는 로빈 후드에게 밝은 미소를 지어 보였다.

잠시 후, 빨간 옷을 입고 변장을 하고 나타난 리틀 존의 모습은 누가 봐도 영락없는 시골 사냥꾼의 모습이었다.

"모두들 기대해도 좋아. 꼭 좋은 소식을 가져오도록 하지."

리틀 존은 쾌활한 모습으로 손을 흔들며 축제가 열리고 있는 노팅엄으로 발길을 옮기기 시작했다.

노팅엄에 도착하자마자, 리틀 존은 먼저 장대격투 경기가 열리고 있는 경기장으로 달려갔다. 이미 경기가 진행되는 중이었다. 경기장 안에는 링컨 시에서 온 에릭이라는 사나이가 여러 사람을 이기고 난 뒤였다. 아무도 에릭과 맞싸우려 하지 않았다.

"노팅엄 사람들은 모두 겁쟁이구만! 이 에릭님과 한판 벌여볼 녀석은 아무도 없는 거냐?"

에릭은 의기양양한 모습으로 주위를 둘러보다가 리틀 존과 눈이 마주쳤다.

"어이! 빨간 옷을 입은 키다리 아저씨. 어때? 한번 나랑 겨뤄 보겠나? 뭐 자네도 겁이 나서 올라오지 못하겠지만 말이야."

리틀 존은 에릭의 비아냥거림에 화가 머리 끝까지 치밀어 올랐다.

"흥, 노팅엄의 명예를 걸고 네놈의 코를 납작하게 만들어주마."

"오! 대단한 용기로군, 괜히 배짱을 부리다가 저세상으로 가더라도 날 원망하지는 말라고."

"그건 내가 할 소리다. 네놈이야말로 단단히 각오해라."

리틀 존은 몽둥이를 움켜잡고 잽싸게 경기장 안으로 뛰어 들었다. 두 사람은 처음부터 맹렬한 공격으로 상대방에게 퍼붓기 시작했다. 한치의 양보도 없는 격렬한 싸움이었기에 관중들은 모두 숨을 죽이고 두 사람의 결투를 지켜보았다. 그러나 에릭과 리틀 존 모두 범상치 않은 실력을 가지고 있었기에 시간이 지나도 좀처럼 승부는 나지 않았다.

그렇게 한참을 싸우던 중, 에릭의 공격을 피한 리틀 존이 혼신의 힘을 다해 몽둥이를 내질렀다. 몽둥이는 정확하게 에릭의 정수리에 내리 꽂혔고, '악' 하는 비명소리와 함께 에릭은 그대로 바닥에 쓰러지고 말았다. 그러자 결투를 지켜보고 있던 노팅엄 사람들은 경기장이 떠나갈듯 함성을 지르기 시작했다.

"빨간 옷 만세! 노팅엄 만세!"

리틀 존은 환호하는 관중들을 향해 가볍게 인사를 하고 다음 경기에 참가하기 위해 걸음을 옮겼다.

잠시 후, 활쏘기 대회장에는 링컨 시와 노팅엄 시에서 나온 20명의 궁사가 대회에 참가할 준비를 하고 있었다. 20명의 궁사 가운데에는 리틀 존의 모습도 보였다.

"저 빨간 옷의 사나이는 누구지?"

높은 곳에서 경기를 관전하고 있던 주지사는 부하들에게 빨간 옷을 입은 사나이의 정체를 물어보았다. 빨간 옷의 사나이는 훤칠한 키에 다부진 체격을 가지고 있어서 선수들 중에서 유난히 눈에 띄었기 때문이었다.

"누군지는 확실히 모르겠지만, 좀 전에 장대격투 경기장에서 에릭의 머리를 박살낸 사나이라고 합니다."

그러는 사이에 경기가 시작되었고, 선수들은 차례로 과녁을 향해 활을 당기기 시작했다. 모두들 훌륭한 솜씨를 가지고 있었지만, 어느 누구도 리틀 존을 따라올 수는 없었다. 리틀 존이 쏜 화살은 전부 보기 좋게 과녁 정중앙을 꿰뚫었기 때문이었다.

주지사는 자리에서 내려와 선수들에게 가까이 다가갔다. 그는 리틀 존 앞에 서서 그의 얼굴을 뚫어지게 바라보았다.

"정말 훌륭한 솜씨야. 대단하네. 그런데 말이야, 혹시 예전에 나를 만난 적이 있는가?"

"그럴지도 모릅니다. 저는 주지사님을 여러 차례 뵌 적이 있습니다."

리틀 존은 엷은 미소를 띤 채 주지사의 얼굴을 마주 보았다.

"그래서 낯이 익었던 모양이구만그래. 아까 장대격투 시합에서도 링컨 시의 선수를 멋지게 물리쳤다고 하던데, 자네의 이름이 뭐지?"

"저는 레이놀드 그린리프라고 합니다."

리틀 존은 그날 시합을 위해 레이놀드 그린리프라는 가명을 쓰고 대회에 참가했던 것이었다.

"그랬구만. 자네는 산도적 로빈 후드 못지않은 명궁인 것 같은데 내 부하가 될 생각은 없나? 보수는 두둑하게 주겠네."

주지사는 리틀 존의 손을 붙잡고 다정하게 말했다.

"감사합니다. 주지사님을 모실 수 있다면 저야말로 큰 영광입니다."

리틀 존은 고개를 숙이며 주지사의 부하가 되는 것을 기꺼이 받아들였다.

'그렇지 않아도 따분하던 차에 잘됐어. 주지사를 골려줄 일거리가 많이 생기겠지?'

그날부터 레이놀드 그린리프로 변장한 리틀 존은 주지사의 성에서 머무르게 되었다. 그는 주지사의 부하가 되었지만 숲 속에서와는 달리 하는 일이 거의 없었다. 주지사가 사냥을 나갈 때면 주지사 옆에서 나란히 말을 달렸고, 그리고 언제나 늦게까지 낮잠을 자고, 늘 배불리 먹고 마셨기 때문에 마치 돼지처럼 뒤룩뒤룩 살만 찌고 있었다.

이렇게 걱정거리 하나 없는 편안한 생활을 하고 있었던 리틀 존이 6개월의 시간이 흐르고 있을 즈음, 문득 숲 속의 동지들이 그리웠다. 그래서 언제든지 이곳을 피해 숲 속의 동지들에게 돌아갈 기회만을 생각하게 되었다.

그러던 어느 날이었다. 리틀 존이 늦잠을 자고 점심때쯤 일어나보니 주지사는 벌써 사냥을 나가고 없었다. 리틀 존은 배가 고파서 요기를 하려고 어슬렁어슬렁 부엌으로 들어가다 식량창고를 관리하던 뚱뚱한 집사와 마주치게 되었다.

"이봐! 어딜 가는 거야?"

집사는 리틀 존의 앞길을 가로 막았다.

"난 아직 아침을 안 먹었거든 배가 고파서……"

리틀 존은 잠이 덜 깬 표정으로 집사를 바라보았다.

"뭐? 지금 몇 신데 아직도 아침타령이야!"

집사는 평소부터 리틀 존을 달갑게 여기지 않고 있었기 때문에 못마땅한 얼굴로 화를 내기 시작했다.

"나는, 배가 고프면 사냥터에 나가 일을 할 수가 없단 말이야. 얼른 먹을 것을 갖다 줘."

"뻔뻔스런 놈 같으니라고. 주지사님이 돌아오실 때까지는 뼈다귀 한 개도 못 주겠다. 어서 여기서 썩 꺼져!"

"이봐! 음식이 자네 것도 아닌데 날 굶겨서 좋을 게 없잖아. 자꾸 잔소리하면 네 머리통까지도 씹어 먹어 버리는 수가 있어. 빨리 먹을 것을 가져와!"

리틀 존은 험악한 표정으로 으름장을 놓았다. 그러나 집사는 들은 척도 하지 않고 식량창고로 들어가 버렸다.

"이놈이 그래도!"

리틀 존은 화를 참지 못하고 집사에게 주먹을 날렸다. 갑자기 머리에 정통으로 주먹을 맞은 집사는 그만 그 자리에서 정신을 잃어 버리고 말았다.

"흥! 진작 내 말을 들을 것이지."

리틀 존은 부엌 문을 박차고 안으로 들어갔다. 부엌 안에는 맛있는 음식들이 잔뜩 차려져 있었다. 그는 정신없이 음식을 먹고 술을 마시며 허기진 배를 채우기 시작했다.

그때, 그 광경을 지켜보던 젊은 요리사 한 명이 부엌으로 들어왔다. 주지사의 식사에 내놓으려고 준비한 음식들을 리틀 존이 정신없이 해치우는 것을 본 요리사는 화가 머리끝까지 치밀어 올랐다.

"이 무례한 놈아! 이게 무슨 짓이냐!"

젊은 요리사는 몽둥이를 들고는 득달같이 달려들어 리틀 존을 후려쳤다.

"어른이 식사하시는데 네놈이야말로 이 무슨 무례한 짓이냐!"

리틀 존도 벌떡 일어나 젊은 요리사를 때려눕혔다.

"에잇, 가만두지 않겠다."

젊은 요리사는 등등한 기세로 칼을 뽑아 들었다. 이에 질세라 리틀 존 역시 칼을 빼들고 칼싸움을 벌이기 시작했다. 두 사람은 상대방을 향해 날쌔게 칼을 휘둘렀다. 열십자로 맞닿은 칼에서는 날카로운 금속성과 함께 불꽃이 튀어 올랐다. 리틀 존과 젊은 요리사는 한치의 물러섬도 없이 서로를 죽일 듯한 기세로 한참 동안 서로에게 칼을 휘둘렀다.

"이봐! 여간해서는 승부가 나지 않을 것 같은데, 우리 그만하는 게 어떤가?"

좀처럼 승부가 나지 않자, 리틀 존은 칼을 내리고 젊은 요리사에게 말을 건넸다.

"그게 무슨 소리냐?"

"자네의 솜씨에 감탄해서 그래. 그렇게 훌륭한 솜씨를 가지고 있으면서 왜 접시나 닦고 있는 거지? 정말 자네 칼이 울겠어."

그러자 젊은 요리사가 힘없이 고개를 숙였다.

"나도 좋아서 하는 건 아냐. 내 검술 실력을 알아주는 사람이 없을 뿐이지."

"그렇다면 내가 좋은 주인을 소개해 줄까? 너 정도의 실력이라면 분명히 기쁘게 맞아줄 거야."

"그게 누구지?"

"숲의 왕 로빈 후드."

젊은 요리사는 깜짝 놀라 눈이 휘둥그레 졌다.

"뭐라고? 로빈 후드? 로빈 후드를 알고 있다니, 넌 도대체 누구냐?"

"나 말인가? 난, 숲의 2인자 리틀 존이다."

그러자 젊은 요리사는 마치 기다렸다는 듯이 리틀 존의 손을 꼭 움켜잡았다.

"좋아, 나도 데려가줘. 서우드 숲으로……."

"그래. 일단 가기 전에 우선 배부터 채우는 게 어때? 싸우느라 또 배가 고파졌어."

두 사람은 맛있는 요리를 배가 터지도록 먹고, 주지사의 보물창고를 털기로 했다. 주지사의 보물창고에는 백성들로부터 오랫동안 빼앗아 온 금은 그릇을 비롯해 돈 궤짝들이 가득 쌓여 있었다. 리틀 존과 젊은 요리사는 그것들을 남김없이 자루에 넣어가지고 마침내 숲 속으로 도망쳐 버렸다.

로빈 후드와 동지들은 갑작스레 돌아온 리틀 존을 보고 깜짝 놀랐다.

"어어! 잘 돌아왔어. 자네가 노팅엄 주지사 부하로 있다는 건 모두 알고 있었지만 너무 소식이 없어서 걱정하던 차였다네."

로빈 후드는 그동안 주지사의 밑에서 정보를 캐내던 리틀 존을 반갑게 맞아 주었다.

"나야 재미있게 지냈지요. 그동안 별일 없었죠? 참, 이제부터 우리 식탁을 멋지게 꾸며줄 주지사의 요리사를 데려왔어요. 주지사가 그동안 백성들을 착취해서 끌어 모은 금은 그릇도 몽땅 가져왔습니다."

그는 축제 때부터의 일부터 성에서의 생활까지 모든 것을 이야기 시작했다. 이야기를 듣고 있던 많은 동지들이 배꼽을 쥐고 웃었지만, 로빈 후드는 심각한 표정으로 깊은 생각에 잠겨있었다.

"리틀 존, 요리사를 데려온 것은 환영하지만 좀도둑처럼 주지사의 밥그릇을 가져온 것은 찬성할 수가 없어."

"그건 내가 그동안 일한 대가로 가져온 겁니다. 믿지 못하겠다면 직접 주지사를 이리로 데려 오도록 하죠."

리틀 존은 말이 끝나자마자 어디론가 급히 사라져 버렸다.

그로부터 시간이 흐른 후, 리틀 존은 주지사의 사냥터에 모습을 나타냈다.

"주지사님, 오늘은 많이 잡으셨습니까?"

리틀 존은 주지사의 말 앞으로 나아갔다. 리틀 존과 젊은 요리사가 자신을 배신하고 보물창고에서 금은 그릇을 털어서 이곳 숲 속의 '유쾌한 사람들'에게로 온 줄은 주지사는 꿈에도 생각하지 못했다.

"오! 레이놀드가 아닌가? 여태까지 어디 있었나?"

"주지사님을 찾아 숲 속을 돌아다녔습니다."

"그랬구만. 오늘은 영 신통치가 않아. 여태껏 한 마리도 못 잡았다네."

"그러셨군요. 저는 오늘도 주지사님이 솜씨를 발휘하실 줄 알고 오는 길에 사슴 떼를 만났는데 그냥 지나쳐 왔습니다."

"그게 정말인가? 그럼 우리 당장 그리로 가 보세."

"그러죠. 여기서 별로 멀지 않으니 제 뒤를 따라 오십시오."

리틀 존이 앞장서서 숲을 향해 달리자, 주지사와 부하들도 리틀 존의 빠른 걸음을 따르지 못하고 주지사의 부하들은 하나씩 뒤로 처지기 시작했다.

이윽고 숲 속의 광장에 도착했을 때는 리틀 존과 주지사 두 사람뿐이었다. 광장에는 사슴 떼 대신 푸른 옷을 입은 로빈 후드가 홀로 서 있었다.

"주지사님, 사슴이 바로 저기 있습니다."

리틀 존은 로빈 후드를 가리키며 말했다. 로빈 후드는 한 차례 미소를 지으며 뿔나팔을 입에 대고 힘차게 불었다. 그러자 여기저기에서 많은 부하들이 활과 화살을 들고 나와 주지사를 에워쌌다.

"보십시오. 제가 말한 그대로지요? 이 사슴들은 적어도 백 마리는 넘을 겁니다."

주지사는 그제서야 자신이 함정에 빠졌다는 것을 깨달았다. 그는 얼굴이 파랗게 질려 도망갈 곳을 찾아보았으나 광장 주변에는 온통 파란 옷을 입은 사람들로 가득 차 있었다.

"레이놀드! 네 이놈! 어쩐지 네놈이 낯이 익다고 생각했다. 나를 배신하다니!"

주지사는 이를 갈며 분해 했으나 아무런 소용이 없었다.

"정말 잘 오셨습니다, 주지사님. 정성껏 모실 테니 걱정 마십시오."

로빈 후드는 한 발자국 앞으로 나와 주지사에게 정중하게 머리를 숙였다. 그러자 리틀 존과 다른 부하들은 주지사의 말고삐를 끌고 어디론가 걸어가기 시작했다.

한참을 걸어 그들은 숲 속의 공터에 도착했다. 공터의 한가운데에서는 장작불이 소리를 내며 타오르고 있었고, 그 옆으로는 술이 가득 들어있는 나무통이 놓여 있었다. 주지사는 자기 집 요리사가 산더미처럼 쌓인 사슴고기를 신나게 굽고 있는 것을 보게 되자 깜짝 놀라지 않을 수 없었다.

"주지사님도 보시다시피 저녁 준비를 하고 있는 중이랍니다. 오늘은 주지사님의 입에 맞도록 주지사님 댁에서 요리사까지 데려왔는데 참석해 주시겠지요?"

주지사는 로빈 후드의 비웃음 섞인 말에 대답할 기운조차 잃은 채 그저 멍하니 서 있을 뿐이었다.

"자, 식사 준비가 다 된 모양입니다. 이제 식탁으로 가시죠."

로빈 후드는 커다란 참나무 밑둥에 마련된 식탁으로 주지사를 안내했다. 자리에 앉은 주지사는 온몸을 벌벌 떨며 초조하게 로빈 후드의 눈치를 살폈다. 주지사는 그동안 숲의 도둑들을 붙잡는 족족 교수대에 보냈기 때문에 이와 같은 환대가 끝나면 어떤 보복을 당하게 될지 몰라 전전긍긍하고 있었다.

"많이 시장하셨지요? 이제 음식이 나올 겁니다."

로빈 후드의 말이 끝나자마자 하나 둘씩 음식이 나오기 시작했다. 그런데 음식이 담겨있는 접시와 그릇을 본 주지사는 경악을 금치 못했다.

'전부 금과 은으로 만들어진 거잖아? 국왕 폐하도 이 이상 사치스런 식사는 못하실 텐데, 대체 녀석들은 언제 이런 사치품들을 모았지?'

주지사의 눈이 휘둥그레진 것을 본 리틀 존은 호탕한 웃음을 터뜨리며 말했다.

"주지사님, 그 접시들을 자세히 한번 보십시오. 어디서 많이 본 것 같지 않습니까?"

"앗! 이것은?"

주지사는 믿어지지 않는지 눈을 비비고 다시 그릇들을 쳐다보았다. 아무리 살펴보아도 그릇과 접시들은 모두 자신의 보물창고에 있던 것들이 틀림없었다.

"이 고약한 놈들아! 레이놀드 네놈이구나? 네놈이 이 그릇들을 ……."

주지사는 치밀어 오르는 분을 참지 못하고 치를 떨었다.

"존경하는 주지사님, 앞으로는 저를 레이놀드 그린리프가 아니라 셔우드 숲의 부두목 리틀 존이라고 불러 주십시오."

"뭐? 리틀 존?"

주지사는 분하고 원통해서 가슴이 미어지는 것 같았다. 그는 리틀 존과 로빈 후드를 노려보더니 고기를 질겅질겅 씹어대면서 분을 삭이려고 애썼다.

"맛이 괜찮으십니까? 이만하면 주지사님 댁 식사보다 많이 맛이 떨어지지는 않죠?"

"그래, 아주 잘 먹었다. 오늘은 이만 돌려보내 주었으면 좋겠구나. 다음 번에는 내가 너희들에게 이보다 훨씬 더 맛있는 요리를 대접해 주지. 내 집으로 초대를 해서……."

주지사는 복수심에 불타는 눈초리로 로빈 후드를 쏘아 보았다.

"우리는 남의 것을 탐내지 않습니다. 다만 백성들에게 빼앗은 재물을 돌려줄 뿐이지요. 그런 뜻에서 오늘 당신의 집에서 가져온 물건들은 모두 돌려드리겠습니다. 이렇게 특별히 기회를 드리니까 다시는 착한 백성들을 괴롭히지 마십시오."

로빈 후드는 젊잖은 목소리로 주지사를 타일렀다.

"알았네. 명심하지."

주지사는 고분고분한 태도로 로빈 후드의 말을 들었다. 하지만 주지사의 대답을 믿는 사람은 없었다.

"주지사님 집에서 가져온 물건들을 말에 실어라."

로빈 후드의 명령에 따라 부하들은 그릇이 담긴 자루를 말의 등에 메 달았다. 주지사는 조금이라도 빨리 이곳을 벗어나고 싶은 마음에 서둘러 말에 올라탔다.

"잠깐! 주지사님, 그냥 가시면 안 돼지요. 아무리 공짜를 좋아하시는 주지사님이라고 해도 밥값은 내고 가셔야지요."

"밥값? 좋다. 그게 얼마냐?"

"300파운드 되겠습니다. 좀 비싸다고 생각하실지 모르겠지만, 리틀 존이 주지사님 밑에서 일한 보수까지 포함한 것이니 그리 비싼 것은 아닙니다."

로빈 후드의 이야기를 들은 주지사의 얼굴은 붉으락푸르락해지기 시작했다.

"뭐가 어쩌고 어째? 저 놈이 우리 집에서 한 일이라고는 빈둥빈

둥 놀면서 밥이나 축낸 것 밖에 없는데, 돈을 받아?"

"좋습니다. 그렇게 나오신다면 밥값 대신에 저 그릇들을 받아 놓
는 수밖에 없군요."

로빈 후드는 손가락으로 안장에 메달아 놓은 자루를 가리켰다.

"알겠다, 알겠어. 300파운드라고 했지? 내고말고!"

주지사는 떨리는 손으로 재빨리 300파운드를 꺼내어 로빈 후드
에게 주었다. 그 금은 그릇은 300파운드보다 훨씬 값비싼 물건들
이었기 때문이었다.

"잘 받겠습니다. 그리고 앞으로 부하를 쓰실 때는 조심하시길
바랍니다. 리틀 존 같은 녀석을 부하로 삼으면 큰코 다치게 되니
까요."

주지사는 뒤도 돌아보지 않고 허둥지둥 자리에서 도망쳤다.

06

평생의 친구, 앨린과 로빈 후드

그러던 어느 날이었다. 로빈 후드는 부하들이 모두 할 일 없이 빈둥거리고 있는 것을 보고 명령을 내렸다.

"윌 스타트레이, 우리 돈주머니가 텅텅 비었어. 오늘은 손님을 좀 모시고 와야 할 것 같다. 대여섯 명 정도 데려가면 충분하겠지? 우리는 그 사이에 음식을 준비할게. 그리고 새로 들어온 녀석들도 어차피 숲 속의 길을 익혀야 하니 데려가도록 해."

"알겠습니다, 두목님."

윌 스타트레이는 새로 들어온 레드 윌과 미치, 다른 부하들 네 명을 데리고 행인들이 지나다니는 둑길 쪽으로 걸음을 옮기기 시작했다.

둑길 쪽에 도착한 윌 스타트레이 일행은 길가의 덩굴 속에 숨어서 사람이 나타나기를 기다렸다. 하지만 가난한 나그네들만이 길가를 오고갈 뿐, 살찐 수도사들이나 돈 많은 지주, 돈을 자루째로 말등에 싣고 가는 돈놀이꾼 같은 손님은 하나도 눈에 띄지 않았다.

"에잇, 오늘은 정말 재수 없는 날이군. 어쩔 수 없지. 모두 그냥 돌아가자."

서서히 저녁놀이 지기 시작하자 윌 스타트레이와 다른 이들은 모두 자리를 털고 일어날 수밖에 없었다. 그들은 덩굴 속에서 나와 산채를 향해 되돌아가기 시작했다.

그런데 앞장서서 걸어가던 윌 스타트레이가 갑자기 걸음을 멈추고 주위를 둘러보았다.

"쉿! 모두 조용히 해 봐. 무슨 소리가 들린다."

윌 스타트레이의 말에 모두가 숨을 죽이고 귀를 기울였다.

그러자 멀지 않은 곳에서 누군가가 흐느끼는 소리가 들려오기 시작했다.

"누가 울고 있는 것 같은데? 무슨 일이지?"

그들은 울음소리가 나는 곳으로 살금살금 걸어갔다. 그곳에는 웬 젊은이가 샘가의 버드나무 밑에 엎드려서 큰소리로 울고 있었다. 젊은이는 두 손으로 머리를 움켜쥐고 땅바닥에 머리를 짓찧고 있었다.

"어이, 이봐! 다 큰 사내 녀석이 대체 무슨 일로 그렇게 질질 짜고 있는 거야?"

월 스타트레이는 한심하다는 표정으로 젊은이를 바라보았다.

"당신들은 누구요? 그리고 내가 울든 말든 당신들이 무슨 상관이요!"

젊은이는 월 스타트레이의 말에 벌컥 화를 내며 활과 화살을 움켜쥐었다. 그 모습을 지켜보던 레드 월은 젊은이에게 다가가, 그의 어깨에 손을 얹으며 부드럽게 말을 건넸다.

"무슨 말 못할 사정이 있나 본데, 우리와 함께 가지 않겠어? 무슨 일인지는 모르지만 혹시라도 자네에게 힘이 되어줄 사람을 만날 수 있을지도 모르잖아."

"그래, 같이 가는 것이 좋겠군."

자신을 비웃었던 월 스타트레이까지 그렇게 말하자, 젊은이는 묵묵히 말도 하지 않고 일행의 뒤를 따라갔다.

"이 젊은 분이 우리 식사를 대접받을 손님이신가보군. 잘 오셨습니다. 손님!"

나무 밑에 앉아 있던 로빈 후드는 활짝 웃는 표정으로 월의 일행을 맞아주었다. 젊은이는 두 눈을 커다랗게 뜬 채로 한참 동안 주위를 둘러보더니 믿기지 않는다는 표정으로 입을 열었다.

"당신이 그 유명한 로빈 후드지요? 아! 셔우드의 '유쾌한 사람들'을 실제로 만나보게 되다니……, 아무래도 나는 꿈을 꾸고 있는 것 같군요."

"용케 알아맞혔군그래. 내가 바로 로빈 후드라네. 내가 누구라는 걸 알고 있는 이상, 나와 같이 식사한 사람은 밥값을 지불해야 한다는 것쯤은 알고 있겠지? 오늘은 좀 두둑히 받아 가겠네."

"그렇지만……, 전 돈이 없습니다. 제가 지금 가지고 있는 돈은 은전 6펜스의 절반뿐입니다."

젊은이는 힘없이 고개를 늘어 뜨렸다.

"절반뿐이라고?"

"예, 나머지 절반은 제가 사랑하는 사람이 비단실에 꿰어 목에 걸고 있습니다."

젊은이의 알 수 없는 이야기에 로빈 후드와 '유쾌한 사람들'은 모두 크게 웃음을 터뜨렸다. 그러자 젊은이의 얼굴은 부끄러움으로 새빨갛게 달아올랐다.

"이봐, 이봐, 윌 스타트레이. 난 분명 손님을 데려 오라고 한 것 같은데, 자네는 시장에서 뼈와 가죽뿐인 수탉을 끌고 왔나보군."

"아닙니다. 두목 이 사람은 제가 아니라 레드 월이 데리고 온 겁니다."

"레드 월?"

로빈 후드는 레드 월 쪽으로 고개를 돌렸다. 로빈 후드와 눈이 마주친 레드 월은 헛기침을 몇 번 하더니, 앞으로 나와 젊은이를 데려온 경위를 설명하기 시작했다. 로빈 후드는 이야기를 다 듣고 난 후, 젊은이의 얼굴을 가만히 들여다보았다.

"착하고 정직한 눈빛이로군. 자네의 이름은?"

"앨린 어 데일이라고 합니다."

"예전에 자네의 목소리를 들어 본 것 같은데. 자네 하프 연주가 이지?"

"예, 그렇습니다."

"그래, 몇 살인가?"

"스무 살입니다."

"아직 젊군. 무슨 일로 고민하는지 모르겠지만 일단 식사부터 하도록 하지. 내 오늘은 특별히 무료로 식사를 대접할 테니……."

로빈 후드는 다른 부하들에게 식사준비를 시킨 다음, 젊은이 곁에 다가갔다.

"젊은 친구, 자네의 슬픔을 이야기해 보게. 모든 것을 다 털어놓으면 가슴속의 울분과 슬픔도 조금은 나아질 거야."

숲 속의 부두목인 리틀 존과 앨린을 데려온 레드 월도 자리에 함께 앉아 고개를 끄덕였다. 앨린은 한참 동안 세 사람의 얼굴을 빤히 쳐다보더니 마음속에 있던 말들을 쏟아내기 시작했다.

"여러분도 아시다시피, 전 이곳저곳을 떠돌아다니는 하프 연주가입니다. 바람 부는 대로 떠돌아다니는 방랑 생활을 하고 있지요. 그러던 어느 날, 로더 강 골짜기에 들어가 아름다운 풍경을 보며 노래를 부르다가 그곳에서 아름다운 아가씨를 만나게 되었습니다. 우리는 서로를 사랑하게 되었고, 서로 약속의 징표로 6펜스 짜리 은전을 반으로 쪼개어 하나씩 간직하기로 했습니다. 그런데 그녀의 아버지가 이 사실을 알고 저희를 갈라놓으려고 했습니다. 그는 돈에 눈이 멀어 그녀를 늙은 부자인 스티브 경에게 시집을 보내려고 하고 있어요. 이제 이틀 후면 그녀는 영원히 다른 사람의 아내가 될 겁니다."

이야기를 듣고 있던 리틀 존은 울분을 참지 못하고 팔을 걷어붙이며 외쳤다.

"지금 당장이라도 그 늙은 부자영감을 붙잡아 오는 게 어때?"

"그런 건 아무 소용이 없어요. 그녀는 무척 착하고 온순한 여자라서 절대로 아버지의 뜻을 거역하지 못해요. 그 늙은 부자와 결혼하지 못한다 하더라도, 그녀의 아버지는 저 같이 가난한 하프 연주가에게 시집을 보내려고 하지 않을 겁니다."

앨린은 고개를 가로저으며 힘없이 대답했다.

"내게 좋은 생각이 하나 떠올랐는데, 혹시 자네와 그 아가씨와 결혼식을 올려줄만한 수도사를 알고 있나? 그런 수도사가 있다면 아무리 아버지가 반대하더라도 결혼식을 올릴 수가 있어. 다만 그 아가씨가 자네와 결혼을 할 뜻이 있어야겠지만……."

로빈 후드는 앨린의 얼굴을 바라보며 말했다.

"물론입니다. 그건 아무런 문제가 없어요. 이 근처 파운틴 수도원에 돼지라는 별명을 가진 수도사를 잘 알고 있습니다. 그 분이라면 틀림없이 결혼식을 올려 주실 거예요."

"좋아! 하느님께 맹세코 반드시 그 아가씨를 그대의 아내가 되게 해주지."

로빈 후드는 앨린의 손을 꽉 잡았다. 앨린은 그 유명한 로빈 후드가 직접 자신의 결혼을 이루어 주겠다는 말에 가슴이 부풀어 올랐다. 그는 기쁨이 넘치는 표정으로 거듭 고개를 숙였다.

"감사합니다. 정말, 정말 감사합니다."

그때, 부하 한 명이 다가와 식사 준비가 다 됐다는 소식을 전했다.

"자, 이제는 걱정거리도 없어졌으니, 신나게 먹고 마시는 거야. 다들 좋지?"

"예!"

부하들은 숲이 떠나갈 정도로 크게 함성을 질렀다.

잠시 후, 숲 속에서는 즐거운 잔치가 벌어지게 되었다. 우스갯소리와 이야기가 마구 쏟아져 나왔고, 모든 사람들이 근심 걱정 따위는 잊은 채 즐거운 시간을 보냈다.

잔치가 끝나갈 무렵이 되자, 로빈 후드는 앨린에게 다가서며 말을 건넸다.

"앨린, 우리들을 위해서 아름다운 노래를 들려주지 않겠나?"

"좋습니다. 기꺼이 부르지요."

앨린은 능숙한 솜씨로 하프를 켜며 노래를 부르기 시작했다.

앨린의 아름다운 노래는 로빈 후드뿐만 아니라 '유쾌한 사람들'

모두가 흠뻑 반해 버릴 정도였다.

"정말 멋진 노래야! 앨린, 혹시 숲 속에서 우리와 함께 지낼 마음은 없어? 자네만 좋다면 우리는 대환영이야."

로빈 후드는 앨린에게 손을 내밀었다. 앨린은 조금의 망설임도 없이 크게 감격한 표정으로 로빈 후드의 손등에 입을 맞추었다.

"저야말로 언제까지나 당신 곁에 있고 싶습니다. 지금까지 당신이 제게 베풀어 주신 이런 과한 친절을 받아 본 적이 없습니다."

"좋아! 모두들 앨린이 '유쾌한 사람들'에 들어오는 것을 찬성하는가?"

"물론입니다."

"그럼 오늘부터 앨린은 우리 식구다!"

로빈 후드는 주위를 둘러보며 큰소리로 외쳤다. 그러자 레드월과 리틀 존은 환영의 표시로 앨린의 손을 한 쪽씩 잡고 힘차게 흔들었다.

07

틱 수도사와 앨린의 결혼식

로빈 후드는 앨린의 결혼식을 올려달라는 부탁을 하기 위해
리틀 존과 레드 윌을 데리고 파운틴 수도원의 돼지 수도사를 만
나러 갔다.

숲 속에서 파운틴 수도원까지는 꽤나 먼 거리였다. 그날따라 햇
볕이 너무 뜨겁게 내리쬐고 있었기 때문에 길을 다니는 마차도 행
인도 구경조차 할 수가 없었다.

"두목! 이 개울만 건너면 파운틴 수도원이 나올 겁니다. 조금만
위로 올라가면 개울을 건널 수 있는 얕은 부분이 있으니 그쪽으로
건너가시지요."

레드 윌이 길을 안내하겠다고 나섰지만 로빈 후드는 고개를 가로저었다.

"어차피 옷을 적시는 것은 마찬가지야. 여러 명이 몰려가면 위협하는 걸로 오해할지 모르니까, 너희는 여기서 기다리고 있는 게 좋겠다. 나 혼자 가겠어. 혹시 모르니 귀를 기울이고 있다가 내 뿔나팔 소리가 들리면 곧바로 달려오도록 해."

로빈 후드는 부하들을 남겨놓고 홀로 개울가를 향해 걸어갔다. 그런데 개울가 근처에 다다르자, 로빈 후드의 귀에는 사람들의 이야기 소리가 들려오기 시작했다.

'틀림없이 두 사람이 이야기를 주고받는 것 같은데, 목소리가 이렇게 비슷하다니……, 정말 이상한 일이로군."

로빈 후드는 조심스럽게 개울둑으로 가까이 다가가 아래쪽을 내려다보았다. 그곳에는 몸집이 좋은 수도사 한 명이 한 손에는 커다란 빵 덩어리를 들고 다른 한 손으로는 고기를 게걸스럽게 먹어대며 혼잣말을 중얼거리고 있었다.

"하하하하!"

로빈 후드는 혼자서 두 사람인 척 대화하는 우스꽝스러운 수도사의 모습을 보고 그만 크게 웃음을 터뜨리고 말았다.

"네놈은 누구냐? 어서 썩 이리로 내려오지 못할까?"

낯선 웃음소리가 들리자 수도사는 벌떡 일어나 긴 칼을 뽑아 들었다.

"지금 내려갈 테니 그 칼을 거두시구려."

로빈 후드는 둑에서 훌쩍 뛰어내려 수도사에게 다가갔다.

"이 근방에 사시는 분 같은데, 혹시 파운틴 수도원의 돼지 수도사를 알고 계십니까?"

"뭐? 돼지 수도사?"

수도사는 한참 동안이나 로빈 후드를 노려보더니 무뚝뚝한 말투로 짧게 대답했다.

"알지, 어느 정도는……."

"그럼, 날 그곳까지 좀 안내를 해주시구려."

"그곳은 개울만 바로 건너면 찾을 수 있다."

"개울을 건너려면 옷을 적셔야 하는데 보시다시피 옷이 이것 한 벌밖에 없는지라, 수도사님이 날 좀 업어서 건너 주시지 않겠소?"

"뭣이 어쩌고 어째? 너 같이 젖비린내 나는 애송이가 이 신성한 틱 님에게 뭐라고 지껄이는 거냐! 괘씸한 놈 같으니라고."

수도사는 버럭 화를 냈다. 하지만 한순간에 노여운 표정을 풀더니 부드러운 말투로 로빈 후드의 제안을 받아들였다.

"좋다! 성 크리스토퍼 님도 예전에 낯선 사람을 건네 주셨으니 내가 그대를 건네게 해 준다고 부끄러울 것은 없지."

수도사는 수사복을 허리까지 걷어 올리고 로빈 후드를 업은 채 개울을 건너기 시작했다.

"이봐, 자네의 칼이 젖겠는데? 내가 가지고 가도록 하지."

"괜찮습니다. 제 물건은 제가 가지고 가겠습니다."

"아냐, 내가 자네에게 화낸 것을 갚기 위해서라도 그 칼은 내가 가지고 가고 싶네."

수도사가 간곡하게 부탁을 하자 로빈 후드는 수도사의 말을 거역할 수가 없었다. 로빈 후드가 옆구리에 찬 칼을 풀어 수도사에게 내 주자, 수도사는 기쁜 표정으로 칼을 받아 들었다.

이윽고 수도사가 개울 맞은편 기슭에 닿자, 로빈 후드는 그의 등에서 껑충 뛰어 내렸다.

"감사합니다. 수도사님은 정말 친절한 분이시군요. 그럼 저는 이만 갈 길이 바쁘니 칼을 돌려주십시오."

그러나 수도사는 장난꾸러기처럼 머리를 갸웃거리며 로빈 후드를 바라보더니, 날카로운 칼끝을 로빈 후드의 목에 들이밀었다.

"뭐, 그렇게 서두를 필요없잖아. 이번에는 자네가 날 업어 주게나. 난 개울 건너 쪽에 일이 있거든."

그제야 로빈 후드는 자신이 속았다는 것을 깨달았지만 이미 목에 칼이 들어와 있는 상황이었다. 하는 수 없이 로빈 후드는 수도사를 업고 다시 개울을 건너기 시작했다.

"아니, 뭐 이렇게 무거운 거야!"

수도사를 업은 로빈 후드는 낑낑거리며 간신히 건너편 기슭에까지 다다를 수 있었다.

"하하하, 고맙네. 젊은 친구."

수도사는 호탕하게 웃음을 터뜨리며 로빈 후드의 등에서 내렸다. 그러나 그 순간을 놓치지 않고, 로빈 후드는 재빨리 수도사의 발을 걸어 넘어뜨렸다. 그는 수도사가 가지고 있던 칼을 빼앗아 휘두르며 큰소리로 외쳤다.

"자! 다시 나를 업고 개울을 건너라! 그렇지 않으면 네놈의 머리통을 쪼개 놓을 테다!"

로빈 후드가 무서운 기세로 위협을 가하자 수도사는 두 손을 번쩍 들고 항복을 하지 않을 수가 없었다. 그는 로빈 후드를 업고 다시 한 번 개울 속으로 들어갔다.

중간쯤 건넜을 무렵, 수도사는 갑자기 몸을 흔들어 로빈 후드를 개울에 빠뜨렸다.

"흥! 이 몸이 네놈에게 당할 것 같으냐? 네 흥분을 가라앉혀 주려는 것이니 고맙게 생각해라!"

수도사는 로빈 후드를 내팽겨쳐 놓고 기슭으로 성큼성큼 올라가 버렸다. 그러자 화가 머리끝까지 치밀어 오른 로빈 후드는 칼을 빼들고 수도사를 향해 달려들었다.

"네, 이놈! 기다려라! 가만두지 않겠다!"

수도사도 황급히 칼을 빼들고, 자신을 향해 달려드는 로빈 후드에 맞섰다. 곧이어 두 사람은 맹렬한 기세로 서로를 공격하기 시작했다. 칼과 칼이 불꽃을 튀기며 번쩍거렸고, 개울가에는 날카로운 금속성과 함께 두 사람의 기합소리가 울려 퍼졌다. 서로를 공격하는 두 사람의 모습은 마치 사나운 두 마리의 맹수 같았다.

싸움은 한 시간이 넘도록 계속되었다. 나중에는 두 사람 모두 기진맥진해져 칼을 지팡이 삼아 간신히 서 있을 정도였다.

그때, 갑자기 로빈 후드가 허리의 뿔나팔을 뽑아 길게 세 번 불었다. 뿔나팔 소리가 개울가에 퍼지자 개울 건너편에서 푸른 옷을 입은 두 명의 사나이가 손에 활을 쥔 채 헐떡거리며 모습을 나타냈다.

"저건 또 뭐야?"

수도사는 갑자기 나타난 사람들을 보고 눈이 휘둥그레졌다.

"모두 내 부하들이다."

로빈 후드는 의기양양한 목소리로 대답했다. 그 모습을 보고 있던 수도사는 갑자기 입술을 뾰족하게 내밀더니 휘파람을 세 번 힘차게 불었다. 그러자 덤불 속에서 갑자기 사납게 짖어대는 소리가 들리더니, 세 마리의 개가 번개처럼 뛰어 나왔다.

"이 녀석들은 내 부하들이다! 자, 얘들아. 저놈을 물어라!"

수도사의 말이 끝나기가 무섭게 개들은 로빈 후드를 향해 달려들었다. 로빈 후드는 깜짝 놀라 칼을 내던지고 근처의 나무 위로 재빨리 기어 올라갔다.

"흥! 언제까지 그곳에 올라가 있을 수 있는지 보자. 자, 그럼 저놈들을 물어라!"

수도사는 로빈 후드의 부하들이 달려오는 쪽을 가리켰다. 개들은 몸을 돌려 리틀 존과 레드 윌을 향해 득달같이 달려들기 시작했다. 개들이 달려드는 것을 본 리틀 존과 레드 윌은 일제히 활을 쏘았으나, 개들은 입을 벌려 날아오는 화살을 받아 물어 두 동강을 내 버렸다.

"뭐야?"

리틀 존은 크게 당황한 나머지 자리에 우뚝 서 버리고 말았다. 그러나 레드 윌은 재빨리 앞으로 나와 큰소리로 개들을 향해 소리쳤다.

"판그스! 뷰티! 이놈들! 이게 무슨 짓이야!"

레드 윌의 고함을 듣자, 갑자기 개들은 기가 꺾이더니 그의 곁으로 뛰어와 꼬리를 흔들며 그의 손을 핥고 낑낑거리기 시작했다.

"아니! 월 검웰 도련님? 도련님이 이런 녀석들과 한패가 될 리가 없는데?"

수도사는 깜짝 놀라 레드 윌을 향해 달려왔다. 틱 수도사는 레드 윌이 '유쾌한 사람들'의 일원이 되기 전 가끔씩 레드 윌의 집에 들르곤 했던 수도사였다.

"틱, 아직 제 이야기를 듣지 못하셨나 보군요. 전 로빈 후드와 함께 숲 속에서 지내고 있답니다."

"로빈 후드요? 아! 그럼 저 분이?"

수도사는 고개를 돌려 로빈 후드를 바라보았다.

"당신의 이름은 노래와 이야기로 들었습니다. 이렇게 싸우게 되

리라고는 생각도 하지 못했었는데……, 어쩐지 보통이 아니더군
요. 이거 정말 미안하게 됐습니다."

틱 수도사는 로빈 후드에게 악수를 청하고 웃음을 터뜨리기 시
작했다.

"아니오, 나야말로 미안하게 됐소이다."

로빈 후드도 멋쩍은 듯이 웃음을 보였다.

"참, 우리가 이러고 있을 때가 아니야. 빨리 그 돼지 수도사를 만
나야 해."

"두목! 그 사람은 바로 두목 옆에 있잖아요."

레드 윌은 밝게 웃으며 틱 수도사를 가리켰다.

"뭐? 내가 하루 종일 찾아헤메던 사람이 바로 이 사람이라고?"

로빈 후드는 어처구니가 없다는 표정으로 틱 수도사를 쳐다
보았다.

"하하하, 그렇습니다. 사람들은 나를 파운틴의 돼지 수도사라고
하지요. 어떤 사람은 수도원장이라고도 하고, 틱 수도사라고 부르
기도 하지요."

"허……, 이것 참……."

로빈 후드는 허탈한 표정을 감추지 못했다.

"그래, 무슨 일로 저를 찾아오신 겁니까?"

틱 수도사는 천연덕스럽게 로빈 후드를 바라보았다. 그제야 정
신을 차린 로빈 후드는 틱 수도사에게 자초지종을 상세하게 설명

하기 시작했다.

"아! 그런 일이 있었군요. 좋습니다. 제가 하도록 하지요."

틱 수도사는 흔쾌히 로빈 후드의 제안을 승낙했다.

"좋아, 그럼 어서 셔우드 숲으로 돌아가자. 내일이면 그 아가씨의 결혼식이야!"

틱 수도사를 비롯한 로빈 후드 일행은 셔우드를 향해 바쁘게 걸음을 옮겼다.

다음날, 로빈 후드와 틱 수도사, 앨런 등 20여 명의 일행은 결혼식이 열리는 수도원을 향해 출발했다. 수도원은 산채에서 그리 멀지 않은 곳에 있었다. 그들은 예정된 시간보다 일찍 도착해서 그녀의 결혼을 방해할 만반의 준비를 갖추기 시작했다.

"어이! 데이비드! 저쪽 담 위에 올라가서 누가 교회 쪽으로 오는지 살펴보도록 해."

로빈 후드가 명령을 내리자, 데이비드는 곧장 담 위로 올라가 망을 보기 시작했다.

"어때? 뭐가 좀 보여?"

"별다른 것은 보이지 않습니다."

"그래, 뭐가 보이면 바로 이야기하도록 해."

그로부터 한참 동안 시간이 흘렀다.

"두목! 늙은 수도사가 언덕을 넘어 교회 쪽으로 오고 있습니다."

"그래, 알겠다. 너는 계속해서 망을 보면서 다른 사람들이 오면 즉시 이야기하도록 해."

로빈 후드는 즉시 틱 수도사에게 다가갔다.

"틱, 저쪽 교회 앞에 늙은 수도사가 한 명 있을 거야. 자네는 수도사에게 말을 건네고 안으로 들어가 있어. 조금 있다가 윌 스타트레이와 내가 들어갈 거야."

틱 수도사는 고개를 끄덕이더니 돌담을 넘어 교회로 갔다. 과연 교회의 문 앞에는 늙은 수도사가 열쇠 꾸러미를 들고 자물쇠를 열기 위해 애를 쓰고 있었다.

"수도사님, 제가 도와 드리겠습니다."

"오! 당신은 누구십니까?"

"예, 저는 틱이라는 수도사인데 파운틴에서 왔습니다. 오늘 여기서 결혼식이 있다는 소식을 듣고 구경을 왔는데 들어가도 괜찮겠지요?"

"물론이요, 잘 오셨소."

늙은 수도사는 틱 수도사를 안으로 안내했다. 틱 수도사가 교회 안으로 들어가자, 멀리서 그 모습을 지켜보던 로빈 후드는 리틀 존과 스타트레이와 함께 교회로 향했다.

"너희는 먼저 안으로 들어가 있어라. 나는 주교를 만나고 안으로 들어가겠다."

로빈 후드의 명령에 따라 리틀 존과 윌 스타트레이는 금화가 든 주머니 두 개를 들고 먼저 교회로 들어갔다. 로빈 후드는 문 밖에 있는 의자에 앉아서 주교가 오기를 기다렸다.

잠시 후, 여러 사람들이 말을 타고 교회 쪽으로 다가왔다. 맨 앞의 사나이는 히아퍼드의 주교로 금목걸이를 걸고 금실로 수놓은 화려한 사제복을 입고 있었다. 그 옆으로는 에메트의 부수도원장이 거만한 자세로 말을 타고 있었으며, 그 뒤로 몇 명의 사람들이 주교를 따라오고 있었다.

주교 일행이 보석과 비단을 번쩍이며 가까이 오자, 로빈 후드는 밉살스러운 눈초리로 그들을 쳐다보았다.

"흥! 신부 주제에 거들먹거리는 꼴이라니……, 가난한 백성들의 피와 땀을 쥐어짜서 빼앗은 것들로 온몸을 치장하고 있구나. 조금만 기다려라. 네놈의 그 드높은 콧대를 오늘이야말로 박살내 주마."

교회에 도착한 주교 일행은 하프 연주자로 변신한 로빈 후드를 발견하고는 의아한 표정을 지었다.

"참으로 멋진 깃털장식을 꽂고 있군! 자네는 누군가?"

"북쪽에서 온 연주가입니다. 오늘 이곳에서 결혼식이 있다는 소식을 듣고 결혼을 축하하기 위해 이렇게 달려 왔습니다. 사실 영국이 넓다고 해도 저만큼 하프를 잘 켜고, 노래를 잘 부르는 사람은 없을 겁니다. 아마 신부가 제 하프 소리를 듣게 되면 죽을 때까지 신랑을 사랑하게 될 텐데, 제가 그들을 위해 연주하고 노래를 부를 수 있도록 허락해 주시겠지요?"

"물론이지, 오늘 결혼하는 신부는 내 조카딸일세. 자네의 말처럼 되기만 한다면 자네가 원하는 것은 뭐든지 주도록 하지."

로빈 후드와 주교가 이야기를 주고받는 사이에 신랑과 신부 일행이 서서히 모습을 드러냈다. 신랑인 스티븐과 신부의 아버지 에드워드는 말을 타고 있었으며, 신부는 두 마리의 말이 끄는 마차를 타고 있었다. 그 뒤로는 마차를 호위하는 경호원들의 모습이 보이기 시작했다.

꽤나 먼 길을 달려 왔는지, 교회에 도착한 일행의 옷에는 먼지가 잔뜩 묻어 있었다. 신랑 신부 일행은 주교 일행과 인사를 나누고 함께 교회 안으로 들어갔다.

"자, 그럼 스티븐 경의 결혼식을 거행하도록 합시다."

주교의 음성이 교회 안으로 울려 퍼졌고, 스티븐은 신부의 손을 잡고 제단 앞으로 나왔다. 주교는 미사복으로 몸을 감싸고 제단 위로 올라가 성경을 펼쳤다.

그런데 바로 그때, 신랑과 신부 사이로 로빈 후드가 불쑥 끼어 들었다. 그는 두 사람 사이에 서서 좌중을 둘러보며 큰소리로 외쳤다.

"잠깐! 이 결혼은 뭔가 잘못됐어요! 모두 보십시오. 신랑은 너무 늙었고, 신부는 슬픔에 잠겨 있지 않습니까? 사랑도 없는 결혼을 강제로 하다니, 이건 분명히 잘못된 일입니다."

갑작스러운 불청객의 출현에 놀란 사람들은 모두 얼이 빠진 듯 멍하니 로빈 후드를 바라볼 뿐이었다.

"난 이 결혼을 도저히 찬성할 수가 없습니다."

로빈 후드는 뿔나팔을 힘차게 세 번 불렀다. 그러자 푸른 옷을 입은 열다섯 명의 장정들이 앨런을 앞세우고 교회 안으로 뛰어들었다.

"이게 무슨 짓들이냐! 어서 이 녀석들을 쫓아내라."

스티븐은 호위 무사들에게 고래고래 소리를 질러대기 시작했다. 호위 무사들은 주춤거리며 칼을 뽑아 들었지만, 수적으로 너무 열세였기 때문에 함부로 칼을 휘두를 수가 없었다.

"두목! 여기 활과 화살을 가져왔습니다."

앨런은 로빈 후드에게 다가가 억센 활과 화살을 건네주었다. 그 모습을 지켜보던 에드워드는 그제야 모든 상황을 이해할 수가 있었다.

"네놈이었구나! 앨런, 네놈이……."

"하하하하, 앨런이라니. 이 모든 것은 바로 나, 로빈 후드의 계획이다!"

로빈 후드는 유쾌한 듯 큰소리로 웃었다.

"로빈 후드? 설마 셔우드의?"

"그렇다! 우리는 네놈들처럼 백성을 괴롭히는 녀석들을 혼내주는 셔우드의 '유쾌한 사람들'이다."

로빈 후드와 '유쾌한 사람들'의 이름을 듣자, 주교를 비롯한 모든 이들의 얼굴이 흙빛으로 변했다. 그들은 마치 이리가 나타나서 놀란 양떼처럼 구석으로 피해 자기들끼리 한데 모여들었다.

"오! 주여! 저희를 저 악당들로부터 지켜 주시옵소서."

하늘을 바라보며 연신 성호를 그어대는 주교의 이마에서는 식은땀이 흘러내리고 있었다. 로빈 후드는 가소롭다는 표정으로 주교를 바라보며 입을 열었다.

"입 닥쳐! 누구보고 악당이라는 거냐! 흥, 오늘은 네놈들을 혼내 줄 생각이 없으니 운 좋은 줄 알아라. 다만 이 아름다운 신부와 앨린의 결혼을 반대한다면 따끔한 맛을 보여 주겠다."

그때 신부의 아버지 에드워드가 버럭 소리를 질렀다.

"누구 맘대로 결혼이냐! 나는 신부의 아버지야. 스티븐 경이 아니면 절대로 내 딸을 시집 보내지 않겠다."

하지만 스티브 경의 반응은 냉담하기 그지없었다.

"이제 됐어! 그만 둬! 정말 꼴도 보기 싫다. 이 세상을 다 준다 해도 네 녀석의 딸과는 결혼하지 않겠다."

스티븐은 차가운 말 한 마디만 남긴 채 부하들과 함께 교회에서 나가버리고 말았다. 그러자 히아퍼드의 주교와 에메트 수도원의 부수도원장도 허둥대면서 교회를 빠져 나가려고 했다.

"결혼이 취소되었으니, 우리도 이만 돌아 가도록 하지."

"주교님! 잠깐 기다리십시오, 어딜 그렇게 급하게 가시려고 합니까? 조카딸이 사랑하는 사람과 결혼하게 되었는데 축하 선물을 주셔야지요. 주교님의 목에 걸린 금목걸이라면 훌륭한 결혼 선물이 될 것 같습니다만……."

로빈 후드는 주교의 사제복을 붙잡고 능글맞은 웃음을 지어 보였다. 주교는 노여움에 가득 찬 눈초리로 로빈 후드를 쏘아 보았지만 어쩔 도리가 없었다.

"좋다. 하지만 내 오늘 일은 절대로 잊지 않겠다!"

주교는 목에서 금목걸이를 풀어 로빈 후드에게 건넸다. 로빈 후드는 그것을 받아 앨런 목에 걸어주며 유쾌하게 웃음을 터뜨렸다.

"정말 잘 어울리는군요! 신랑과 신부를 대신해 제가 감사를 드리겠습니다. 혹시 셔우드 근처에 오시는 일이 있으면 꼭 한 번 들러 주십시오. 오늘의 답례로 멋진 요리를 대접해 드리겠습니다."

"절대로 그럴 일은 없으니 걱정 말거라."

주교는 이를 갈며 한마디를 내뱉은 후에 일행을 데리고 교회를 빠져 나갔다. 이제 교회 안에 남은 것은 신부의 아버지 에드워드뿐이었다.

"자, 여기 금화 100냥이 있소. 이 돈을 받고 앨런의 결혼을 승낙해 주시오. 승낙하지 않는다면 강제로라도 결혼을 시킬 거요. 돈을 받고 승낙해 주든지, 아니면 한푼도 못 받고 딸까지 빼앗기든지 둘 중에 하나를 선택하시오."

로빈 후드는 금화가 가득 들어있는 주머니를 내밀었다. 선택의 여지가 없는 에드워드는 조용히 주머니를 받아들 수밖에 없었다.

"그럼, 지금부터 앨린의 결혼식을 올리도록 하자!"

"와아!"

틱 수도사의 주례로 멋진 결혼식이 거행되기 시작했다. 앨린은 너무나 행복한 나머지 아무 말도 못하고 눈물만 흘릴 뿐이었다.

"감사합니다. 여러분 모두 정말 감사합니다."

결국, 두 사람은 모두의 축복 속에서 무사히 결혼식을 마칠 수가 있었다.

"자, 그럼 이제 우리들의 보금자리로 돌아가자."

로빈 후드와 '유쾌한 사람들' 은 앨린과 어여쁜 신부를 가운데 세우고 콧노래를 부르며 셔우드 숲으로 돌아왔다. 이렇게 이루어진 로빈 후드와 앨린과의 인연은 끈끈하게 이어져, 앨린은 로빈 후드의 험난한 여정에 평생의 친구로서 영원히 함께했다.

08

로빈 후드, 리처드 경을 도와주다

어느덧 계절이 바뀌어 가을이 찾아왔다.

로빈 후드는 맑고 상쾌한 가을공기를 들이마시며 부하들을 둘러보았다.

"오늘은 정말 날씨가 좋은데? 이런 좋은 날씨에 숲 속에만 처박혀 있을 수는 없지. 리틀 존, 넌 몇 명을 데리고 동쪽으로 가 보도록 해. 난 서쪽으로 갈 테니. 오늘은 멋진 손님을 모시고 신나게 잔치를 벌여보자."

"듣던 중 반가운 소립니다. 반드시 멋진 손님을 데려 오도록 하지요. 만에 하나라도 손님을 데려오지 못한다면 나는 다신 숲 속으로 돌아오지 않겠습니다."

리틀 존은 가슴을 두드리며 자신 있게 대답했다. 다른 부하들도 환호를 지르며 너나 할 것 없이 활과 화살을 챙겨 들었다. 그리고 두 사람은 각자 부하들을 거느리고 동쪽과 서쪽으로 떠나게 되었다.

서쪽으로 길을 떠난 로빈 후드는 특별한 목적지도 없이 발길이 닿는 대로 무작정 걷기 시작했다. 그들은 농가와 밭이 있는 넓은 골짜기를 가로지르고, 뾰족한 탑들이 빛나는 맨스필드 거리를 거쳐 앨버튼 마을까지 오게 되었다.

"벌써 점심때가 되었는데, 쓸 만한 손님을 한 명도 만나지 못했다니……. 이거 정말 큰일이군."

쉬지 않고 먼 길을 걸어 왔기 때문인지 부하들의 얼굴에는 피곤한 기색이 역력했다. 뿐만 아니라 손님을 데리고 돌아가려면 셔우드에서 너무 떨어진 곳까지는 갈 수가 없었다. 그래서 로빈 후드와 부하들은 근처의 언덕 위에서 점심을 먹으면서 손님을 기다리기로 결정했다. 언덕 양 옆으로는 높은 울타리가 있어서 몸을 숨기기에도 알맞았고, 길을 감시하는 데에도 수월했기 때문이었다.

"자, 모두들 이곳에서 점심을 먹고, 손님을 기다리도록 하자."

그들은 울타리 안쪽에 자리를 잡고 점심을 먹기 시작했다. 식사를 하면서도 계속 길가를 보고 있었지만, 좀처럼 쓸 만한 손님은 나타나지 않았다.

점심을 다 먹고 난 후에도 손님이 없는 것은 마찬가지였다. 아무리 기다려도 손님이 오지 않자, 로빈 후드는 조금씩 걱정이 되기 시작했다.

'손님은커녕 개미새끼 한 마리도 보이지 않는군. 빈손으로 되돌아가야 하나?'

바로 그때였다.

"두목! 쓸 만한 녀석이 옵니다."

로빈 후드는 벌떡 일어나 길가를 바라보았다. 과연 아래쪽에서 말을 탄 기사 한 명이 어슬렁 거리며 길을 넘어 오고 있었다.

"힘깨나 쓸 것 같은 녀석이로군. 헌데 이상하지 않아? 저 정도 신분이면 금 장식품 하나 정도는 달고 다녀야 하는데?"

로빈 후드는 고개를 갸웃거리며 기사를 훑어보았다. 자세히 살펴보니, 그 기사는 무슨 슬픈 일이 있는지 머리와 두 손을 축 늘어뜨리고 있었다. 그가 타고 있는 말까지도 주인의 슬픔을 헤아리듯 고개를 숙인 채 뚜벅뚜벅 걷고 있었다.

"내가 나가볼 테니, 너희는 이곳에서 기다리고 있어라."

로빈 후드는 벌떡 일어나 사당 정문 쪽으로 나갔다. 말을 탄 기사가 천천히 다가오자, 로빈 후드는 앞으로 나아가 말고삐를 잡았다.

"기사님, 잠깐 멈춰 보십시오."

"대낮에 큰길에서 나그네의 발길을 멈추게 하다니, 대체 그대는 누군가?"

"대답하기 곤란한 질문을 하시는군요. 뭐라고 할까, 어떤 사람은 나를 보고 인정이 많은 사람이라고 하고 또 어떤 사람은 냉정한 사람이라고 하더군요. 그런가 하면 어떤 사람은 나를 산도적이라 부르기도 하지요. 세상이란 한 사람을 보는데도 많은 눈을 가지고 있더군요. 당신은 두 눈으로 나를 직접 보았으니, 당신 마음대로 판단을 하시지요. 나는 로빈 후드라는 사람이오."

"뭐? 로빈 후드라고?"

기사는 입가에 미소를 띤 채로 로빈 후드를 바라보았다.

"재미있는 말을 하는군! 당신에 대한 이야기는 많이 들었지. 나쁜 소문도 들어 보았고, 칭찬의 말도 들어 보았어. 하지만 당신 말대로 두 눈을 똑바로 뜨고 당신을 보도록 하겠네. 헌데, 내게 무슨 볼일이지?"

"만일, 기사님께서 오늘 우리와 서우드로 가 주신다면 아주 맛있는 요리를 대접해 드리겠습니다."

"친절은 고맙지만, 보시다시피 지금은 좀처럼 그럴 기분이 아니네. 난 비참한 손님이니 그냥 이대로 보내 주었으면 좋겠군."

"겸손의 말씀입니다. 우리는 서우드 숲에서 여인숙을 하고 있습니다. 그런데 요즘엔 거의 손님이 없습니다. 그래서 주머니가 가벼워지면 오늘처럼 손님을 모시러 나올 수밖에 없어요."

"알겠네. 하지만 나에게는 요리값을 치를만한 돈이 없다네."

로빈 후드의 말에 대답하는 기사의 얼굴에서는 겸연쩍은 표정이 떠올랐다.

"그게 정말입니까? 하지만 기사님의 동료 중에서도 남의 말을 믿지 않는 사람이 있을 겁니다. 우리도 마찬가지랍니다."

로빈 후드는 길게 휘파람을 불었다. 그러자 푸른 옷을 입은 많은 사람들이 기사와 로빈 후드가 서 있는 곳으로 달려 왔다.

"이 사람들은 내 부하들입니다. 저들은 기쁨도, 괴로움도, 슬픔도, 돈벌이도, 모두 나와 같이 나누고 있지요. 더 이상 여러 말씀 마시고 지금 가지고 있는 돈이 얼마인지 이야기해 주십시오."

기사는 잠시 동안 아무 대답도 하지 못 하더니 이내 얼굴이 빨갛게 달아올랐다.

"부끄러운 일이지만 지금 내가 가진 돈은 10실링뿐이라네. 사냥터의 리처드 경이라고 불리는 내가 설마 그것뿐이겠냐고 생각하겠지만 , 이제 나는 더 이상 옛날의 리처드가 아닐세. 오늘의 리처드는 이런 신세가 되어 버렸다네."

"아! 당신이 그 유명한 리처드 경이었군요? 알겠습니다. 나도 당신과 같이 명예를 존중하는 기사의 말을 의심하고 싶지는 않습니다. 될 수 있으면 내가 당신의 힘이 되어 드리지요. 자, 리처드 경. 우리와 함께 숲으로 갑시다."

"말이라도 고맙네. 하지만 아무리 자네라도 내가 가진 괴로움을 해결할 수는 없을 걸세."

리처드 경은 크게 낙심한 표정으로 고개를 떨구었다.

"아닙니다. 분명 저희가 도울 일이 있을 겁니다. 저희와 함께 숲으로 가시지요."

로빈 후드가 거듭해서 함께 갈 것을 권유하자, 리처드 경도 더이상 거절할 수가 없었다.

"알겠네. 자네들과 함께 숲에 가도록 하겠네."

그리하여 리처드 경과 로빈 후드 그리고 '유쾌한 사람들'은 셔우드 숲을 향해 발걸음을 돌렸다.

"저, 리처드 경. 경을 괴롭히고 싶지는 않습니다만, 경의 괴로움이 무엇인지 알려 주실 수는 없습니까?"

셔우드 숲으로 돌아가는 길에 로빈 후드는 리처드 경에게 넌지시 말을 건넸다.

"뭐, 대단한 비밀도 아니지만 들어 봤자 아무 쓸모도 없는 이야기라네. 정 원한다면 들려 주도록 하지."

리처드 경은 땅이 꺼져라 깊은 한숨을 쉬고 자신의 이야기를 털어놓기 시작했다.

"모든 불행은 지난해 체스터에서 벌어졌던, 말을 타고 창으로 싸우는 마창시합에서 비롯되었다네. 내게는 스무 살이 된 아들이 있는데 그 녀석은 일찍 공을 세워 기사의 칭호를 받게 되었어, 그야말로 앞날이 창창한 녀석이었지. 나는 그 녀석이 훌륭한 기사가 될 거라고 굳게 믿고 있었다네. 녀석은 지난해 벌어진 경기에 출전해 유명한 랭카스터의 월터 경과 한판 승부를 겨루었어. 그런데 두 사람이 맞붙었을 때, 그들의 창이 그만 두 동강이 나고 말았다네. 그 순간 아들 녀석의 부러진 창끝은 운 나쁘게도 월터 경의 눈을 찔러버린 거야. 월터 경은 그 자리에서 죽고 말았어."

"저런! 어쩌다 그런 일이……."

"결국 아들 녀석은 살인죄로 체포되어 감옥에 갇히게 되었지. 월터 경의 친척들이 왕실에 있는 친구들에게 연락해 힘을 썼던 거야. 그들은 아들을 풀어주는 대신 몸값으로 금화 600파운드를 내놓으라고 했다네. 하나뿐인 아들놈의 목숨이 달린 일인데 어쩌겠는가. 성과 땅을 모두 저당을 잡히고 에메르 수도원에서 돈을 빌려 녀석을 구해 냈다네. 하지만 그렇게 큰 돈을 어디서 마련하겠는가? 이제 돈을 갚아야 할 날짜는 불과 사흘밖에 남지 않았는데, 말했다시피 내가 가진 돈은 10실링뿐이라네. 내 모든 재산은 에메르 수도원의 것이 되겠지."

리처드 경은 노여움을 이기지 못하고 온몸을 부르르 떨었다.

"그럼 아드님은 지금 어디 있습니까?"

"팔레스타인에서 십자군의 군사로 싸우고 있네. 월터 경이 죽은 영국에서 살아가기란 어려운 일이니까. 게다가 월터 경의 가문들에게도 미움을 받았으니……."

"세상일이란 참으로 복잡하군요. 그래, 에메트 수도원에서는 돈을 얼마나 빌린 건가요?"

"금화 400파운드라네."

리처드 경의 말을 들은 로빈 후드는 무릎을 탁 치며 고함을 질렸다.

"이런 거머리 같은 놈들! 고작 금화 400파운드로 남의 재산을 몽땅 빼앗다니…… 그럼, 리처드 경은 앞으로 어쩌실 작정이십니까?"

"팔레스타인으로 가서 아들과 함께 전장에 나가려고 생각 중이네. 아내는 어디 친척집에라도 가 있어야 되겠지."

힘없이 대답하는 리처드 경의 얼굴에는 절망의 빛이 가득했다. 그러자 안타까운 표정으로 지켜보던 레드 윌이 조심스레 입을 열었다.

"힘이 되어줄 친구는 없습니까?"

"없다네. 단 한 사람도…… 친구들은 나를 버렸어. 가난할 뿐 아니라 아주 강한 적까지 두고 있지 않은가."

"아닙니다. 리처드 경, 용기를 가지십시오. 많은 사람들이 괴로울 때면 이 로빈 후드를 친구로 생각하고 있습니다. 제가 당신의 친구가 되어 드리겠습니다."

로빈 후드는 리처드 경의 기운을 북돋아 주려고 애를 썼다. 리처드 경은 허탈한 미소를 띠며 고개를 가로저었으나, 로빈 후드의 말은 그의 마음을 차츰 밝게 해 주었다.

로빈 후드와 리처드 경은 저녁시간이 다 돼서야 셔우드 숲 속에 다다를 수가 있었다. 그들이 산채에 들어왔을 무렵에는 반대편 숲 사이로 몇 사람의 손님을 데리고 오는 리틀 존의 모습도 보였다.

"정말 많이도 데려오는군. 오늘 수입은 걱정할 필요가 없겠는데?"

로빈 후드의 부하들은 환한 웃음을 지으며 리틀 존 일행을 기다렸다. 조금 뒤 리틀 존 일행이 산채에 도착했을 때, 로빈 후드가 발견한 것은 다른 사람이 아닌 히아퍼드의 주교였다. 그는 몹시 찡그린 얼굴로 궁둥이를 들썩거리며 연신 욕을 퍼부어 대고 있는 중이었다. 그 뒤로는 여섯 마리의 말과 함께 검은 옷을 걸친 세 사람의 신부들이 온몸을 벌벌 떨면서 끌려오고 있었다.

"아니, 주교님이 아니십니까? 정말 반갑군요. 영국에서 당신만큼 만나고 싶었던 사람도 없었습니다."

로빈 후드는 반갑게 손을 흔들며 주교에게 성큼 성큼 다가갔다.

"대체 이게 무슨 짓이냐? 이게 네놈들이 말한 주교에 대한 대접이냐?"

"글쎄올시다."

로빈 후드가 가볍게 말을 받아 넘기자, 주교는 계속해서 말을 이어갔다.

"나와 이 형제들은 10여 명의 병사로부터 호위를 받으면서 길을 가고 있었다. 그런데 갑자기 키 큰 녀석 한 명이 80명도 넘는 부하들을 이끌고 나타나 내 앞길을 가로막는 게야. 그러더니 날 보고 돼지 주교니, 선량한 백성들 피를 빨아먹는 주교니, 돈놀이꾼이니

하며 마구 욕을 해 댔다네. 워낙 숫자가 많아서 내 호위병들이 도 망쳐 내가 이 꼴이 되긴 했지만, 그래도 하이퍼드의 주교인 나를 이렇게 개처럼 끌고 오다니……."

주교는 숨을 몰아쉬며 거친 목소리로 부르짖었다.

"그것 참 안됐습니다. 거룩하고 지체 높으신 주교님께서 그와 같 은 고초를 당하시다니요."

로빈 후드는 주교를 달래더니 부하들을 돌아보며 큰소리로 외쳤다.

"위대한 주교님에게 그따위 욕을 지껄인 놈이 대체 누구냐! 어서 썩 나오너라!"

그러자 리틀 존이 머리를 긁적이며 로빈 후드 앞으로 나왔다.

"이놈이 주교님을 욕보인 녀석입니까?"

"그렇다. 틀림없이 그 녀석이야."

"리틀 존! 너는 정말 주교님께 돼지 주교, 피를 빨아 먹는 주교, 돈놀이꾼이라고 했느냐?"

"예."

리틀 존은 금방 눈물이라도 흘릴 듯이 슬픈 목소리로 대답했다.

"그랬군. 한데 그건 무례한 욕이 아니잖아? 역시 리틀 존, 너는 아주 정직한 사나이야."

로빈 후드는 밝게 웃으며 리틀 존의 어깨를 두드렸다. 그러자 셔 우드 숲은 웃음바다가 되었다.

"뭐가 어째? 그럼 주교인 내게 그런 무례한 욕을 한 게 잘했다는 게냐?"

주교는 화가 머리끝까지 치밀어 올라 얼굴을 잔뜩 일그러뜨렸다.

"고정하십시오, 주교님. 여기에 주교님을 건드릴 사람은 아무도 없습니다. 우리의 우스갯소리 때문에 주교님의 머리가 잠시 이상해지신 것 같습니다. 곧 가라앉게 될 거예요. 이 숲 속에는 모두가 평등하답니다. 신부도, 귀족도, 주지사도 없어요. 오직 한 명 한 명의 사람이 있을 뿐이랍니다. 자, 모두들 잔치를 준비해라. 그동안 주교님의 머리도 식혀 드릴 겸, 손님들에게 숲의 경기를 보여 드리자."

"예! 알겠습니다."

로빈 후드의 명령에 따라 부하들은 활과 몽둥이를 가져오고, 장작불을 피워 고기를 굽기 시작했다.

"참! 인사가 늦었군요. 주교님, 여기 계시는 이 분은 오늘 우리와 같이 식사를 하실 또 한 분의 손님입니다. 아무쪼록 이 분과도 가깝게 지내주시길 바랍니다. 저희들은 두 분과 함께 식사를 하게 된 것을 무한한 영광으로 생각하겠습니다."

로빈 후드는 주교에게 리처드 경을 소개시켜 주었다.

"이제 슬슬 준비가 다 된 것 같군요. 주교님과 리처드 경 모두 자리를 옮기시죠."

로빈 후드는 부드러운 사슴가죽이 깔려 있는 곳으로 손님들을 안내했다. 주교를 비롯한 손님들이 모두 자리에 앉자, 드디어 숲의 경기가 시작되었다.

제일 먼저 활쏘기 시합과 몽둥이 시합이 벌어졌다. 숲의 선수들은 보는 사람으로 하여금 손에 땀을 쥐게 할 만큼 흥미진진하게 펼쳤다. 경기가 끝난 후에는 앨린이 앞에 나와 흥겨운 노래를 부르기 시작했다. 뿐만 아니라 로빈 후드가 쉴 새 없이 우스운 이야기를 들려주었기 때문에 주교와 리처드 경 모두 노여움이나 슬픔을 잊어버리고 즐거운 시간을 보내게 되었다.

그렇게 한참 동안 즐거운 시간을 보내는 사이에 식사준비가 다 되었다. 로빈 후드와 손님들은 부하들의 안내를 받아 식탁에 앉았다. 흰 식탁보 위에는 다양한 요리들이 푸짐하게 차려져 있었으며, 요리마다 맛있는 냄새가 코를 찔렀다.

"즐거운 잔치를 위하여, 건배!"

로빈 후드와 주교, 리처드 경을 비롯한 모든 사람들은 즐겁게 먹고 마시기 시작했다. 식사는 오랫동안 계속되었고, 거품이 인 맥주잔이 여러 차례 오고갔다.

"여러분! 모두 잠시만 조용해 주시오."

로빈 후드는 자리에서 벌떡 일어나 주위를 둘러보았다.

"여러분에게 할 말이 있으니, 내 얘기를 좀 들어보시구려."

그는 심각한 표정으로 리처드 경에 관한 이야기를 하기 시작했다. 로빈 후드는 리처드 경의 억울한 사연과 모든 재산이 저당 잡힌 까닭을 모두 털어놓았다.

로빈 후드의 이야기가 계속되는 사이에 주교의 얼굴은 차츰 일그러져 가고 있었다. 주교는 모든 상황을 이미 알고 있었기 때문이었다. 그는 자신에게 어떤 불이익이 돌아오지 않을까 하는 걱정에 풀이 죽어 있었다.

주교의 예감대로 로빈 후드는 이야기를 끝내자마자, 주교를 돌아보며 말했다.

"주교님, 이건 누가 보더라도 나쁜 행동입니다. 더군다나 온정을 베풀어야 할 신부가 그랬다면 용서받을 수 없는 일이지요."

주교는 아무 말도 못한 채 땅만 내려다 보고 있을 뿐이었다.

"주교님은 영국에서도 돈이 많고 신분도 높은 분입니다. 주교님께서 가난한 형제를 좀 도와 주시지 않겠습니까?"

로빈 후드가 간곡한 어조로 부탁했으나, 주교는 끝까지 아무런 대답을 하지 않았다.

"리틀 존! 윌 스타트레이와 함께 주교님 일행의 짐을 싣고 있는 말들을 데려오게."

그러자 리틀 존과 일행이 다섯 마리의 말을 몰고 오자, 로빈 후드는 검은 옷을 입고 있던 신부들을 불렀다.

"이 짐의 목록을 가지고 있는 사람이 누군가?"

"제가 가지고 있습니다."

세 명 중에 가장 키가 작고 나이가 많아 보이는 노인이 말을 했다. 노인은 말에 실려 있는 짐의 목록을 로빈 후드에게 주었다. 로빈 후드는 그것을 레드 윌에게 건네주며 소리 내어 읽게 했다.

"랭카스터 포목상 주인 쿠엔틴에게 가는 비단이 담긴 고리짝이 세 개."

"쿠엔틴은 정직하고 부지런한 사람이니까 그 짐에는 손대지 말도록, 다음."

"보몬트 수도원으로 가는 비단벨벳 고리짝 한 개."

"신부들에게 그따위 비단벨벳은 필요 없다. 셋으로 나누어, 하나는 가난한 사람들에게 줄 돈으로 바꿔라. 또 하나는 우리들의 몫이다. 나머지 하나만 수도원으로 보내라. 다음."

"성 토머스 사원으로 가는 큰 양초 사십 개."

"그것은 사원에서 꼭 필요한 것이니 손대지 말아라. 다음."

"히아퍼드 주교의 상자가 하나."

주교는 그 말에 온몸을 부르르 떨었다.

"상자를 열어라!"

레드 윌은 칼을 들고 힘껏 상자를 내리쳤다. 그러자 상자에서 엄청난 금화들이 와르르 쏟아져 내렸다. 커다란 상자에 금화가 가득 들어 있었던 것이었다.

"레드 윌, 앨린, 리틀 존. 그 돈이 얼마나 되는지 세어 봐."

세 사람은 자리에 앉아 한참 동안 돈을 세기 시작했다.

"두목! 모두 1,500파운드가 들어 있습니다."

로빈 후드는 짧은 신음소리를 내더니 주교를 돌아보았다.

"주교님. 저 돈의 3분의 1을 주교님과 다른 네 사람을 위한 오늘의 식사비로 기꺼이 저희에게 지불하시리라 믿습니다. 주교님은 엄청난 부자니까요. 그리고 3분의 1은 좋은 일을 위해 쓰시리라 믿습니다. 나머지 3분의 1만 가지고 가셔도 충분하실 겁니다."

주교는 3분의 1이 자기 손으로 되돌아오는 것만 해도 불행 중 다행이라는 생각에 아무 말도 하지 않았다.

"리처드 경, 당신은 이 500파운드로 수도원에 진 빚을 갚으십시오. 주교님의 남아도는 돈을 드리는 것이니 마음대로 쓰셔도 좋습니다."

로빈 후드는 부하들을 시켜 리처드 경에게 금화 500파운드를 건네주었다.

"고맙소, 정말 고맙소. 그대와 주교님에게 반드시 이 은혜를 갚도록 하겠소."

리처드 경은 돈 주머니를 건네받으며 눈물을 글썽거렸다.

"아닙니다. 당연히 받으셔야 할 것을 드린 겁니다."

로빈 후드는 리처드 경의 손을 꼭 잡았다.

"그럼 나는 빨리 돌아가 봐야 하겠소. 수도원에 빚을 갚아야 할 시일도 얼마 남지 않았고, 아내도 많이 걱정하고 있을 거요."

리처드 경이 자리에서 일어나자, 윌 스타트레이가 큰소리로 외쳤다.

"로빈 후드와 '유쾌한 사람들'의 선물로 리처드 경의 부인께 이 벨벳 고리짝과 비단을 보내는게 어때요?"

"그것 참 좋은 생각이다."

로빈 후드와 부하들은 모두 손뼉 치며 좋아했다. 그 모습을 본 리처드 경은 주위를 돌아다보며 무슨 말인가 하려고 했으나, 가슴이 벅차올라 말이 나오지 않았다. 잠시 시간이 지난 뒤에야 그는 가까스로 입을 열 수가 있었다.

"형제들이여, 오늘의 이 은혜는 언제까지나 잊지 않겠소. 앞으로 어려운 일이 생기면 언제든지 나와 내 아내를 찾아주시오. 리처드 가문이 망하지 않는 한, 그대들을 돕겠소. 다시 만나는 그날까지 안녕히 계시오."

그는 벅차오르는 감정을 이기지 못하고 그만 고개를 돌리고 말았다.

"자, 리처드 경을 배웅해 드려라!"

로빈 후드의 명령을 받은 부하들은 숲을 빠져나갈 때까지 리처드 경을 배웅해 주었다.

"여보게, 밤이 많이 늦었으니 나도 이제는 돌아가야겠네. 날 좀 내보내 주게나."

리처드 경이 떠나가는 모습을 본 주교는 로빈 후드의 옷자락을 잡으며 애원하기 시작했다. 하지만 로빈 후드는 주교의 팔을 뿌리

치며 말했다.

"그렇게 서두르지 마십시오. 사흘 뒤, 리처드 경이 빚을 갚기까지는 리처드 경을 방해하면 안 됩니다. 그러니 그날까지 여기서 저희와 함께 지내셔야 합니다."

결국, 주교와 신부들은 사흘 동안 셔우드 숲속에서 로빈 후드와 함께 지낼 수밖에 없었다.

그리고 수도원으로 돌아가면서 주교는 언젠가는 로빈 후드가 셔우드 숲에서 자신을 납치한 그날을 후회하게 만들어 주겠다고 속으로 다짐했다.

Merry·Robin·stops·a·Sorrowful·Knight·

09

리처드 경의 선물

로빈 후드와 '유쾌한 사람들'로부터 금화 500파운드를 건네받은 리처드 경은 무사히 빚을 갚고 성과 영지를 되찾을 수가 있었다. 그 후 1년 동안 열심히 논밭을 가꾸고 영지를 돌본 덕택에 리처드 경의 영지는 몰라볼 정도로 달라졌다. 전에는 잡초만 무성하던 풀밭이 거두어들인 밀과 벼로 가득 쌓이게 되었으며, 그로인해 어지럽던 살림도 다시 자리를 잡게 되었다.

그렇게 모든 것이 제 자리를 찾게 되자, 리처드 경은 로빈 후드와 '유쾌한 사람들'에게 은혜를 갚을 때가 되었다고 생각했다. 그래서 날씨가 맑은 어느 날 그는 세 마리의 말에 짐을 가득 싣고, 많은 병사를 거느린 채 서우드 숲을 향해 길을 떠났다.

그런데 서우드 숲을 향해 가던 도중에 리처드 경 일행은 덴비 거리에 울긋불긋한 깃발들이 세워져 있는 것을 보게 되었다.

"오는 덴비에서 무슨 일이 있는가?"

"에. 오늘 거기서 축제가 열립니다. 그중에서도 레슬링 대회가 볼만하다고 하더군요. 우승한 사람에게는 포도주 한 통과 근사한 금반지, 멋진 장갑 한 켤레를 준답니다."

"그거 재미있겠는데? 우리도 잠깐 구경하고 갈까?"

리처드 경은 평소에 격투 경기를 좋아했기 때문에 이런 기회를 놓치고 싶지 않았다. 결국, 리처드 경은 부하들과 함께 덴비 쪽으로 말머리를 돌렸다.

덴비는 온 거리마다 축제 분위기로 들떠 있었다. 특히 레슬링 대회에는 모두의 관심이 집중되어 있는 커다란 행사였다. 리처드 경 일행은 덴비 거리에 도착하자마자 레슬링 대회가 열리는 원형경기장으로 발길을 옮겼다.

리처드 경이 대회장에 들어서자, 레슬링 대회 심판장은 그를 보고 심판석에서 내려왔다.

"아니, 리처드 경께서 여기에는 어쩐 일로 오셨습니까? 마침 잘 되었군요. 저희와 함께 심판을 보아 주시지 않겠습니까?"

심판장은 정중하게 인사를 하고 함께 심판을 보아 달라고 부탁하기 시작했다.

"자네들만 괜찮다면 나도 좋다네."

리처드 경은 흔쾌히 심판장의 부탁을 승낙했다. 그는 말에서 내려, 다른 심판관들과 같이 심판석에 나란히 앉았다.

그때, 레슬링장은 이미 열기를 띠고 있는 중이었다. 덴비 출신의 장사인 흉터투성이 윌리엄이 상대가 나오는 대로 모조리 내동댕이쳤기 때문이었다.

"자! 누구든 덤벼봐라! 노팅엄이든, 스탠포드든, 요크든 모두 박살을 내 주마!"

윌리엄이 의기양양한 태도로 고함을 지르자, 관중들은 모두 박수갈채를 보내며 윌리엄의 이름을 부르기 시작했다. 그런데 그 순간, 관중들의 환호소리 사이로 굵직한 남자의 목소리가 들려왔다.

"건방진 소리 말아라! 이 노팅엄의 사나이께서 네 녀석의 코를 납작하게 만들어주마."

불쑥 한 사나이가 구경꾼들을 헤치고 경기장 안으로 껑충 뛰어들었다. 그 사나이는 윌리엄만큼 힘이 세 보이지는 않았지만, 키도 더 클 뿐만 아니라 어깨도 윌리엄보다 더 넓고 단단해 보였다.

"흥! 네놈의 그 건방진 주둥이를 뭉개주지."

윌리엄은 거만한 태도로 사나이를 바라보았다.

"양 선수 모두 준비를 하도록. 그럼 시작!"

심판의 말과 동시에 경기가 시작되었다. 두 사람은 시작하자마자 격렬하게 맞부딪히더니 서로를 넘어뜨리기 위해서 안간힘을 쓰기 시작했다. 관중들은 윌리엄이 유리하게 되면 손뼉을 치고, 노팅엄의 사나이가 유리해지면 욕설과 야유를 보냈다.

하지만 관중들의 응원에도 불구하고 윌리엄은 그만 노팅엄의 사나이에게 힘없이 내동댕이쳐지고 말았다. 일이 이렇게 되자, 군중 속에서는 아우성이 터져 나오기 시작했다.

"저건 속임수다! 다시 해라."

"저 비겁한 놈을 끌어내라."

덴버 사람들에게 흉터투성이 윌리엄은 씨름의 왕이나 다름없는 존재였기 때문이었다. 관중들은 상품을 거머쥐고 나가는 노팅엄의 사나이를 뒤따라가 돌멩이를 던지고 욕설을 퍼붓기 시작했다. 그 속에 있던 한 대장장이는 노팅엄의 사나이를 향해 몽둥이까지 휘둘렀다.

"이 비겁한 놈아! 이거라도 맛보아라!"

대장장이는 황소를 때려눕히듯 온 힘을 향해 몽둥이를 휘둘렀다. 그러나 노팅엄의 사나이는 몽둥이의 공격을 잽싸게 받아 넘기고, 오히려 공격을 되받아쳤다. 그러자 대장장이 사나이는 벼락이라도 맞은 것처럼 비명을 지르고 나자빠졌다.

바로 그 순간, 어느 비겁한 놈이 노팅엄 사나이의 뒤통수를 돌로 내리쳤다. 머리를 맞게 된 노팅엄의 사나이는 비틀거리기 시작하였다. 시뻘건 피가 머리에서 얼굴을 타고 가슴으로 흘러내렸으며, 힘을 잃은 사나이는 자리에 그만 주저앉고 말았다. 그것을 지켜본

군중들은 일제히 달려들어 노팅엄의 사나이를 짓밟기 시작했다.

"이놈들! 이게 무슨 짓들이냐!"

거리를 지나가던 리처드 경이 그 광경을 보고 칼을 번쩍이며 군중들에게 다가갔다. 군중들은 겁이 난 나머지 피투성이인 사나이를 남겨놓고 달아나기 시작했다.

"으……, 리처드 경. 목숨을 구해 주셔서 정말 감사합니다."

피투성이가 된 사나이는 얼굴의 피를 닦고 리처드 경을 올려다보며 감사를 표했다.

"저런! 큰일날 뻔했군! 그런데 어떻게 나를 알고 있지?"

"뵌 적이 있어요. 돈커스터의 데이비드를 기억하시는지요?"

그는 바로 셔우드의 '유쾌한 사람들' 중 한 명이었던 것이다.

"아! 기억하고말고! 내가 자네를 몰라볼 줄이야. 그렇게 수염을 길러 놓으니 다른 사람 같군그래. 자네는 어디로 가는 길인가? 나는 셔우드로 가는 중이라네."

"그러시군요. 저도 숲 속으로 돌아가는 중이었습니다."

"그거 잘 됐구만! 함께 가도록 하세."

리처드 경은 데이비드를 천막 안으로 데려가 얼굴의 피를 깨끗이 닦아주고 새 옷을 입혔다.

그리고는 병사들에게 데이비드를 호위하게 한 뒤, 덴비를 빠져나와 셔우드로 말을 달리기 시작했다.

한편, 로빈 후드와 '유쾌한 사람들'은 푸른 숲 속에서 리처드 경이 오기만을 하루 종일 기다리고 있었다.

"두목! 말발굽 소리가 들려옵니다."

보초를 서던 부하의 말대로 숲 속 저편 갈색 나뭇잎 사이로 리처드 경의 일행이 오고 있는 모습이 보이기 시작했다. 그리고 얼마 지나지 않아 리처드 경의 일행은 셔우드의 산채에 도착했다.

"로빈 후드! 잘 지냈소?"

리처드 경은 말에서 뛰어내리자마자 로빈 후드에게 달려와 그를 부둥켜안았다.

"저희들이야 잘 지냈지요. 리처드 경께서도 그간 잘 지내셨나 봅니다. 작년에 만났을 때보다 훨씬 좋아 보이는군요!"

"하하하, 모든 게 그대들 덕분이오. 그래서 오늘은 내 그대들에게 감사를 드리러 왔소이다."

리처드 경은 로빈 후드의 어깨에 손을 얹으며 말을 이었다.

"그대들이 아니었다면 나는 지금쯤 먼 나라에서 거지꼴을 한 채로 떠돌아다니고 있을 거요. 정말 고마웠소. 그래서 오늘은 그대들에게 빌렸던 돈을 갚기 위해 이렇게 찾아왔다오. 그리고 나의 아내가 그대와 그대의 용감한 부하들에게 주는 선물까지 가져왔소. 여봐라! 말을 이리로 끌고 오너라!"

리처드 경은 그의 부하들을 돌아보며 큰소리로 명령했다. 그러나 로빈 후드는 리처드 경의 부하들을 가로막으며 말했다.

"아닙니다, 이러지 않으셔도 됩니다. 저희는 이미 그때 일을 모두 잊었습니다. 그보다 저쪽으로 가서 그간의 이야기를 나누는 것이 좋겠습니다."

로빈 후드는 리처드 경과 그의 부하들을 푸른 나무 밑으로 안내했다.

"그나저나 경의 부하들과 돈커스터의 데이비드가 어째서 같이 있게 되었지요?"

"아! 그 일을 내가 잠깐 잊고 있었소이다."

리처드 경은 레슬링 경기장에서 있었던 일부터 데이비드를 구해준 일까지, 덴비에서 벌어진 사건들을 상세히 이야기를 하였다.

"그대와 나의 만남이 이처럼 늦어진 까닭은 바로 이런 이유 때문이었소. 그렇지 않았다면 두어 시간은 빨리 도착했을 거요."

리처드 경의 이야기가 끝나자, 로빈 후드는 진심어린 감사의 마음으로 리처드 경의 손을 꼭 잡았다.

"정말 감사합니다. 저는 오늘 경에게 도저히 갚을 수 없는 큰 빚을 지게 되었군요. 만약 데이비드에게 그런 불행이 일어났다면 저는 오늘일로 두고두고 마음 아파했을 겁니다,"

"아니오, 그게 무슨 당치도 않은 말이오! 내가 데이비드를 구할 수 있었던 것은 1년 전 그대들의 도움이 있었기에 가능했던 것이었소. 그러니 내게 은혜를 갚을 기회를 주시오. 그대들에게 빌렸던 금화 500파운드를 갚고 싶소."

리처드 경의 뜻이 워낙 확고했기 때문에 로빈 후드도 더 이상은 거절할 수가 없었다.

"알겠습니다. 그럼, 그 돈은 저희가 받아서 좋은 일에 쓰도록 하겠습니다."

로빈 후드는 부하들을 시켜 돈을 금고 속에 넣어 두도록 했다.

"그리고 이것은 나의 아내가 그대의 훌륭한 부하들을 위해 마련한 감사의 선물이오. 아내의 성의를 봐서라도 꼭 받아 주시오."

리처드 경은 부하들을 시켜 가져온 짐 꾸러미를 풀게 했다. 그러자 은으로 무늬를 아로새긴 5백 개의 활과 금실로 수놓은 5백 개의 화살통이 모습을 드러냈다.

"와아……"

아름답게 빛나는 활과 화살은 '유쾌한 사람들'로 하여금 절로 탄성을 터뜨리게 만들었다. 뿐만 아니라 그 중 100여 개의 화살통 속에는 은 화살이 각각 100여 개씩이나 들어있었다.

"이렇게 귀중한 것들을……, 정말 감사합니다. 부인에게 꼭 고맙다는 말씀을 전해 주십시오."

리처드 경은 '유쾌한 사람들'에게 활과 화살통을 일일이 나누어 주었다. 그리고 로빈 후드에게는 금으로 무늬를 새긴 활과 금 화살을 건네주었다.

"우리는 오늘 더없이 고마운 선물을 받게 되었다. 모두 우리에게 이 선물을 주신 리처드 경과 그 부인을 위해 목숨을 바칠 수 있겠는가!"

"물론입니다."

로빈 후드와 부하들은 감사의 표시로 리처드 경에게 목숨까지 바칠 우정을 맹세했다.

"자, 아쉽지만 이제 떠나야 할 시간이 된 것 같소."

이윽고 리처드 경이 말에 오르자, 로빈 후드는 부하들에게 숲길을 안내하도록 일렀다.

"리처드 경을 셔우드 숲 끝까지 모시도록 해라."

리처드 경은 '유쾌한 사람들'과 아쉬운 작별인사를 마치고 셔우드 숲을 떠났다. 로빈 후드는 떠나가는 그의 뒷모습을 바라보며 한 사람의 훌륭한 기사를 불행에서 구해냈다는 사실에 뿌듯함을 느낄 수 있었다.

ALLAN·A·DALE·SINGETH·BE-FORE·OVR·GOOD·QVEEN·ELEANOR·

·MDCCCXXCIII·

IO

로빈 후드와 세 사람, 엘리노어 왕비를 만나다.

시간이 흘러 어느 여름날, 노팅엄의 거리 한복판에 좀처럼 보기 힘든 화려한 옷차림의 낯선 젊은이가 나타났다. 수려한 용모를 가진 낯선 젊은이의 정체는 바로 왕비의 명을 받아 셔우드 숲의 로빈 후드를 만나러 온 젊은 시종 리처드 퍼딩턴이었다.

퍼딩턴은 런던에서부터 먼 길을 달려왔기 때문에 몹시 피곤하고 지쳐있는 상태였다. 그는 잠시 휴식을 취할 생각으로 근처의 어느 주막집을 찾았다. 주막 안에는 다섯 명의 건장한 사나이들이 모여 앉아 술을 마시고 있는 중이었다.

"이보시오, 여기 포도주 한 잔만 갖다 주시오."

그는 비어있는 자리에 앉아 포도주를 시키더니, 잔을 높이 쳐들고 큰소리로 외쳤다.

"왕비님의 건강과 행복을 위하여! 그리고 나의 여행과 왕비님의 소원이 이루어지길 바라며! 마지막으로 무사히 로빈 후드를 만날 수 있기를! 건배!"

그러자 술을 마시던 다섯 사나이들은 깜짝 놀라 퍼딩턴을 돌아보았다. 그들은 날카로운 눈초리로 퍼딩턴을 훑어보면서, 자기들끼리 무엇인가를 계속 속닥거리기 시작했다.

잠시 후, 키가 큰 사나이 한 명이 퍼딩턴에게 다가와 조용한 목소리로 말을 건넸다.

"이봐, 자네 무슨 이유로 로빈 후드를 만나려고 하는 거지?"

"왕비님의 명령이오. 왕비님께서 그를 찾고 계시오."

"왕비님께서? 아니, 대체 무슨 이유로 로빈 후드를 찾으시는 건가? 내게도 이야기를 좀 해 주게나. 난 로빈 후드와는 아주 잘 알고 지내는 사이라네."

"그게 정말이오? 그렇다면 나와 왕비님을 좀 도와주시오. 이렇게 부탁드리겠소."

퍼딩턴은 자리에서 일어나 정중한 태도로 사나이에게 부탁을 하기 시작했다. 그러자. 그 모습을 지켜보던 한 사나이가 다가와 그에게 말을 걸었다.

"보아하니 당신은 정직한 사람인 것 같구려. 내가 알기로는 왕비님은 모든 사람들에게 친절하시고, 거짓말을 하실 분이 아니니 우리들이 당신을 로빈 후드가 있는 곳까지 안내해 드리겠소이다. 다만, 한 가지 분명히 알아둘 게 있소. 혹시나 그를 잡아들일 생각이면 일찌감치 포기하는 것이 좋을 거요. 우리는 절대로 그를 배신하지 않을 거니까."

"그것은 걱정할 필요가 없습니다. 나는 그에게 나쁜 소식을 전하려고 온 것이 아닙니다."

퍼딩턴은 밝은 웃음을 지으며 두 사나이를 바라보았다. 그리고 얼마 후, 세 사람은 주막집을 나와 셔우드의 숲 속으로 발길을 옮기기 시작했다.

퍼딩턴과 두 사나이가 숲 속에 도착하자, 로빈 후드와 '유쾌한 사람들'은 모두 눈을 휘둥그레 뜨고 세 사람의 모습을 뚫어지게 쳐다보았다. 로빈 후드와 부하들 모두 지금껏 그토록 화려한 옷차림을 본 적이 없었기 때문이었다.

"잘 오셨소! 그런데 이렇게 훌륭한 옷차림을 하신 분이 이 누추한 숲 속에는 어인 일이신지?"

"실은 왕비님의 명을 받아 이렇게 찾아오게 되었습니다. 그 유명한 로빈 후드와 '유쾌한 사람들'을 직접 만나게 되다니 무척 기쁘군요."

로빈 후드와 퍼딩턴은 서로 예의를 갖춰 정중한 인사를 나누었다.

"그런데, 왕비님의 명이라니……, 대체 무슨 일입니까?"

"저는 왕비님께서 당신에게 보내는 초대장을 가지고 왔습니다. 사실, 예전부터 왕비님께서는 당신들의 소문을 들으시고 로빈 후드 당신의 활솜씨를 보고 싶어 하셨습니다. 그래서 사흘 뒤에 핀스버리 경기장에서 열리는 활쏘기 대회에 당신을 초대하려는 것입니다. 이번 활쏘기 대회는 국왕 폐하가 직접 개최하는 것이기 때문에 영국에서 가장 유명한 궁수들이 참가하게 될 것입니다. 왕비님은 당신의 실력이라면 틀림없이 1등을 할 수 있을 것이라고 믿고 계시기에, 저를 이곳까지 보냈답니다. 왕비님께서는 그대의 신분을 보장하는 뜻에서 특별히 이 금반지까지 보내셨으니 부디 거절하지 말아 주십시오. 그리고 다시 셔우드 숲으로 안전하게 돌려보내 드릴 것입니다."

퍼딩턴은 주머니에서 황금반지를 꺼내 로빈 후드에게 건네주었다. 로빈 후드는 머리를 숙인채로 반지를 건네받아 정중히 입을 맞추고 조심스레 손가락에 끼웠다.

"앞으로 이 반지를 내 목숨보다도 소중히 간직하겠습니다. 그러나 사흘 뒤라면 조금도 지체할 여유가 없겠군요. 지금 바로 출발을 할 테니 조금만 기다려 주십시오. 그리고 실례가 되지 않는다면 부하들 세 명만 데려가고 싶은데 괜찮겠습니까?"

"아, 물론입니다. 왕비님께서는 그들도 똑같이 환영하실 겁니다."

퍼딩턴의 말이 끝나기 무섭게 로빈 후드는 리틀 존과 레드 윌,

앨린을 데리고 출발 준비를 하기 위해 집 안으로 뛰어들어갔다. 얼마나 준비를 서둘렀는지 로빈 후드 일행은 불과 몇 분 만에 준비를 마치고 퍼딩턴 앞에 다시 나타났다.

"준비가 다 끝났습니다. 빨리 출발하도록 합시다."

이윽고 퍼딩턴과 로빈 후드 일행은 왕비가 기다리고 있는 런던을 향해 떠나게 되었다.

이윽고 런던에 도착하게 된 로빈 후드 일행은 엘리노어 왕비를 만나게 되었다. 소문으로만 들어왔던 로빈 후드 일행을 직접 만나게 된 왕비의 기쁨은 이만저만이 아니었다. 로빈 후드 일행은 왕비의 극진한 대접을 받으며 구경조차 해본 적 없는 진귀한 음식과 최고급 포도주를 마음껏 먹고 마셨다.

그리고, 왕비는 그들의 흥미진진한 무용담에 대해서 여러 가지로 물어보기 시작했다.

로빈 후드는 히아퍼드 주교의 일과 리처드 경의 일, 그리고 주교가 사흘 동안 셔우드 숲에서 어떻게 지낸 일 등, 이제까지 겪었던 많은 일들을 전부 이야기해 주었다. 왕비와 시녀들은 로빈 후드의 이야기를 들을 때마다 웃음을 터뜨리기도 하였고 어떤 때는 머리를 숙여 고개를 끄떡이기도 했다. 그리고 엘리노어 왕비는 앨린에게 말했다.

"앨린, 나에게도 아름다운 노래를 한 곡조 들려주지 않겠어요?"

로빈 후드의 이야기를 듣고 난 왕비는 앨린에게 노래를 청했다.

유명한 하프 연주가인 앨린의 이름은 런던의 궁전까지 알려져 있었기 때문이었다.

"영광입니다. 왕비님."

앨린은 하프를 켜며 왕비에게 바치는 아름다운 노래를 멋지게 불렀다. 왕비와 시녀들은 아름답고 감미로운 앨린의 노랫소리에 아낌없는 박수를 보내 주었다.

"아! 정말 아름다운 노래였어요. 이토록 훌륭한 하프 연주가가 숲 속에 숨어 있었다니 참으로 안타깝기 그지없군요."

엘리노어 왕비는 엘림의 솜씨에 크게 감탄했다.

이튿 날 아침, 온갖 장식으로 화려하게 꾸며진 핀스버리 경기장에는 활쏘기 대회에 참가하려는 많은 궁수들이 모여들었다.

궁수들은 하나같이 비장한 각오로 모두 활과 화살을 손질하며 대회에 참가할 준비를 하고 있었다. 그들은 모두 국왕인 헨리 2세의 근위병들이었다. 근위대는 전국에서 활솜씨가 뛰어난 사람들을 모아 놓은 곳이었기 때문에, 그들이야말로 영국에서 가장 손꼽히는 명궁들의 집단이었다.

얼마 후 커다란 나팔소리가 우렁차게 울려 퍼지자, 금빛 찬란한 벨벳 깃발과 은빛 나팔을 든 여섯 명의 나팔수가 말을 타고 경기장 풀밭으로 들어 왔다. 나팔수의 뒤를 따라 화려한 옷을 입은 영국의 왕 헨리 2세가 아름다운 엘리노어 왕비와 함께 늠름한 자세로 경기장에 입장하기 시작했다. 국왕과 왕비의 양 옆으로는 근위병들이 따르고 있었으며, 그 뒤로는 신하들이 줄을 지어 경기장에 들어왔다.

"국왕 폐하 만세! 왕비마마 만세!"

군중들은 일어나 일제히 박수갈채를 보내기 시작했다. 헨리 2세와 왕비는 관중들의 열렬한 환호에 손을 흔들며 높은 곳에 마련된 자리에 앉았다.

"자, 이제 활쏘기 대회를 시작하라!"

자리에 앉은 헨리 2세가 큰소리로 외치자, 드디어 경기가 시작되었다.

8백여 명의 궁사가 참가한 경기는 매우 엄격한 규칙을 적용하고 있었다.

"각기 자기 과녁을 향해 일곱 대씩 쏠 것. 그리고 각 대의 80명중 가장 잘 쏜 3명을 뽑아, 다시 한 대씩 쏘아 순위를 가린다. 1등은 금화 50파운드와 금을 장식한 뿔과 나팔 백조 깃의 금 화살 30개가 든 화살통이 수여된다. 2등은 100마리의 숫사슴을, 3등은 값진 라인산 포도주 두 통을, 그리고 그밖의 입상자들은 은화 80펜스씩이 수여될 것이다."

궁수들은 각각 자리에 들어가서 자신의 과녁을 향해 활을 쏘기 시작했다. 그리고 총 4개의 사격대에서 가장 솜씨가 좋은 10명이 뽑히게 되었다.

경기를 지켜보던 엘리노어 왕비는 헨리 2세를 돌아보며 말했다.

"폐하께서는 이렇게 뽑힌 근위병들이 영국에서 가장 뛰어난 궁사들이라고 생각하시나요?"

"물론이오. 저들은 영국뿐만 아니라, 전 세계에서 가장 뛰어난 궁사들이라 생각하오."

헨리 2세는 웃음을 띠며 왕비의 질문에 대답했다.

"그러하오나, 만일 제가 전하의 근위병 중에서 가장 뛰어난 세 사람에게도 지지 않을 만한 세 궁수를 발견했다면 어쩌시겠습니까?"

"만약 그렇다면 내가 할 수 없었던 큰 일을 해냈다고 하겠소. 하지만 길버트나 티푸스, 클립턴을 이길 만한 궁사는 세상에 없을 것이오."

헨리 2세는 자신만만한 표정으로 왕비를 바라보았다.

"그러나, 저는 그러한 세 사람을 알고 있습니다. 그래서 폐하께서 8백 명의 궁수들 속에서 세 사람을 뽑아 그들을 겨뤄보게 하고 싶은데, 전하께서 그들이 자유롭게 행동할 수 있도록 사면을 약속해 주지 않으신다면 시합을 시킬 수가 없습니다."

"누군가 재미있는 사람을 알고 있는 게로군. 좋소, 나는 그들에게 40일 동안 자유를 보장해 줄 테니 이리로 데려와 보도록 하시오. 그들이 나의 근위병들보다 뛰어난 솜씨를 보인다면 기꺼이 상품을 주겠소. 그런데 갑자기 이런 이야기를 하는 걸 보니, 그대는 나와 무언가 내기를 하고 싶은 모양이구려."

헨리 2세는 재미있다는 표정으로 웃음을 지었다.

"어머나! 그런 건 아닙니다. 하지만 전하께서 그러실 의향이 있다면, 저는 폐하를 즐겁게 해 드리기 위해 내기를 걸겠습니다."

"좋소! 나는 영국에서 가장 좋은 포도주 열 통과 가장 독한 맥주 열 통, 제일 좋은 활 200개, 그리고 거기에 걸맞는 화살과 화살통을 걸겠소. 그대는 무엇을 거시겠소."

"그럼 저는 많은 보석이 잔뜩 박혀있는 허리띠를 걸겠습니다. 이 것은 폐하께서 거신 것들보다 훨씬 비싼 것입니다."

"허허허, 좋소. 그 내기를 받아들이겠소. 어서 그 궁수들을 데려 오시구려."

왕비는 젊은 시종 리처드 퍼딩턴을 불러, 귓속말을 속삭였다. 그러자 퍼딩턴은 로빈 후드와 리틀 존, 레드 월을 데려오기 위해 어디론가 사라졌다.

그러는 사이에 경기가 다시 시작되었다. 예선을 통과한 10명의 궁수들은 각각 자리에 들어가 정성을 다해 화살을 쏘았다.

경기장에 있는 모든 사람들이 숨을 죽이고 그들을 지켜보았기 때문에 관중들은 과녁에 화살이 꽂히는 소리까지도 똑똑히 들을 수가 있었다.

이윽고 마지막 화살이 과녁을 향해 날아가자, 관중들은 일제히 함성을 질렀다. 궁수들의 솜씨가 너무나 정확하고 훌륭했기 때문이었다. 그리고 마침내 모든 경기가 끝나고 발표만이 남아 있었다.

"자, 경기 결과를 발표하겠다. 이번 대회의 우승자는 길버트, 준우승자는 티푸스, 3등은 하버트다."

심판관의 결과가 발표되자. 관중들은 길버트의 이름을 연호하기 시작했으며, 다른 선수들은 길버트를 둘러싸고 목이 터지도록 환성을 질렀다.

바로 그때, 다섯 사나이가 잔디밭을 가로질러 국왕이 있는 천막 쪽으로 다가왔다. 낯선 사나이들을 안내하고 있는 리처드 퍼팅턴은 알고 있었지만, 다른 네 명의 사나이는 처음 보는 얼굴들이었다.

"이렇게 국왕 폐하를 만나 뵙게 되어 큰 영광입니다."

네 명의 사나이들은 헨리 2세와 엘리노어 왕비 앞에 무릎을 끓고 정중하게 인사를 올렸다. 헨리 2세는 몸을 앞으로 내밀고, 네 명의 사나이를 뚫어지게 쳐다보았다.

그런데 그 자리에는 공교롭게도 히아퍼드의 주교가 참석해 있었다. 국왕이 직접 개최하는 대회였기 때문에 신하들은 모두 참석해야만 했던 것이었다.

히아퍼드의 주교는 네 사람을 보는 순간, 마치 벌한테라도 쏘인 것처럼 깜짝 놀랐다, 그는 무슨 말을 하려고 했으나, 왕비의 눈치를 보고 입을 다물 수밖에 없었다.

"나는 그대들 중 세 사람이 폐하의 부하 세 사람을 이길 것이라고 내기를 걸었답니다. 그러니 나를 위해 힘껏 싸워주길 바라오.”

왕비가 환하게 웃으며 네 사람에게 격려의 말을 전하자, 로빈 후드는 깊이 고개를 숙이며 말했다.

“예! 왕비님! 제가 진다면 다시는 활을 잡지 않겠습니다.”

이어서 리틀 존도 무뚝뚝한 목소리로 왕비의 격려에 대답했다.

“왕비님의 아름다운 얼굴에 하느님의 은혜가 더하시길. 왕비님을 위해 힘 쓰지 않는 녀석이 있으면 당장 그놈의 머리를 박살내고야 말겠습니다.”

“리틀 존! 말조심해!”

로빈 후드가 리틀 존에게 낮은 목소리로 주위를 주자, 왕비를 비롯한 천막 안의 모든 사람이 웃음을 터뜨렸다. 그러나 히아퍼드의 주교와 헨리 2세만은 굳은 표정으로 리틀 존을 바라보고 있었다.

“저들은 누구요?”

헨리 2세는 왕비를 돌아보며 물었다. 그러자 주교는 기회는 이때라는 생각에, 왕비의 말을 가로채며 잽싸게 대화에 끼어들었다.

“폐하, 저 푸른 옷을 입은 놈은 바로 중부 지방에서 이름 높은 산도적 로빈 후드입니다. 그 옆에 키가 크고 우락부락하게 생긴 녀석은 리틀 존이라고 하며, 녹색 옷을 입은 녀석은 레드 윌, 그리고 빨간 옷을 입은 놈은 앨린이라는 하프 연주가로 모두가 한 패거리입니다.”

그 말을 들은 헨리 2세의 얼굴빛이 싹 변했다.

"그것이 사실인가?"

"예. 틀림없습니다."

주교는 의기양양한 표정으로 로빈 후드의 일행을 쳐다보았다. 왕비는 환한 미소를 띤 채 헨리 2세와 주교를 번갈아 보며 이렇게 말했다.

"주교는 그들을 잘 알고 있을 겁니다. 그는 셔우드 숲에서 로빈 후드와 사흘 동안 지낸 일이 있으니까요. 저는 주교가 자신의 친구들을 배반하는 일이 없을 것이라고 믿습니다. 그리고 전하께서도 이들에게 40일 동안 자유를 주신다던 약속을 잊지 않으실 거라 믿습니다."

"내가 한 약속이니 반드시 지킬 것이오. 허나 40일이 지난 뒤에도 이곳에서 어물거리고 있으면 결코 무사하지 못할 것이오."

말을 마친 헨리 2세는 대회에서 입상한 세 명의 궁수를 돌아보았다.

"길버트와 티푸스, 하버트! 그대들은 이 세 녀석과 활쏘기로 승부를 겨루도록 하여라. 너희들이 지게 된다면 상품은 모두 저 세 녀석의 손에 들어가는 것이다. 결코 져서는 안 된다! 알겠느냐? 만약 너희들이 이 시합에서 이기게 된다면 나는 죽는 날까지 그것을 기쁨으로 삼겠다. 자! 가서 저 녀석들을 물리치고 오거라!"

이리하여 근위병 궁사 세 명과 로빈 후드 일행 세 명은 시합을 벌이게 되었다.

먼저 길버트와 로빈 후드가 동전을 높이 던져 어느 편이 먼저 쏠 것인가를 정하게 되었다. 결과는 길버트 편이 먼저 쏘게 되는 것으로 정해졌다.

길버트 편에서는 하버트가 먼저 앞으로 나와 활을 당겼다. 화살은 멋지게 날아가 과녁 한복판의 검은 점에 정확히 꽂혔다. 두 번째 화살도 마찬가지였으나, 세 번째 화살은 검은 점에서 손가락 한 마디쯤 빗나가 첫 번째 둘레에 꽂혔다.

"하버트! 하버트!"

관중들은 박수를 치며 함성을 질렀다. 그것은 그날 하버트가 보여준 가장 좋은 성적이었기 때문이었다.

"레드 월, 더 잘 쏠 수 있겠지? 서우드에 부끄러움을 안고 가서는 안 돼."

로빈 후드는 레드 월의 어깨를 두드려 주었다.

"걱정 마슈."

레드 월은 활 쏘는 자리에 서서 과녁을 겨누었다. 그러나 너무 긴장한 탓인지 처음 쏜 화살은 그만 과녁을 빗나가 한복판에서 두 번째 둘레에 맞고 말았다.

"레드 월, 너무 긴장했어. 마음을 편하게 가져. 그리고 활줄을 너무 길게 잡았어."

로빈 후드의 충고대로 레드 월은 호흡을 조절하고 기분을 가라앉혔다. 그 결과 두 번째 화살과 세 번째 화살은 정확하게 한복판의 검은 점에 꽂혔다. 하지만 처음의 실수로 인해 경기의 승부는 하버트의 승리로 돌아갔다.

"그대의 궁수들이 저 정도라면 앞으로의 경기는 하나마나가 아니겠소?"

헨리 2세는 만족스러운 표정으로 왕비에게 말했다.

"폐하, 아직 두 사람이 남았으니 결과는 모르는 겁니다."

왕비는 로빈 후드와 리틀 존이 남은 두 근위병을 멋지게 이겨 줄 것이라고 굳게 믿고 있었다.

다음은 티푸스의 차례였다. 그러나 첫 시합의 승리로 방심했는지, 그도 레드 월처럼 실수를 하고 말았다. 맨 처음 화살은 한복판에서 첫 번째 둘레에 맞았고, 두 번째 화살은 그 다음 둘레에 맞았다. 마지막 화살만이 운 좋게 한복판의 검은 점에 꽂혔다.

"리틀 존! 실력을 보이고 와라."

리틀 존은 로빈 후드의 격려를 뒤로하고 활 쏘는 자리에 섰다. 그는 조금도 쉬지 않고 세 대의 화살을 재빨리 쏘았다. 활을 쏘는 동안 활을 든 손을 한 번도 내리지 않고 긴 활을 올린 채 화살을 메겨 순식간에 세 대를 전부 쏘아 버린 것이었다. 더군다나 세 대의 화살은 모두 한 복판의 검은 점을 엇비슷하게 꿰뚫었다.

시합은 원점으로 돌아가게 되었다. 이제 경기의 승패는 길버트와 로빈 후드의 시합에 달려있었다.

먼저 길버트가 앞으로 나와 조심스레 활을 당겼다. 근위대에서 제일가는 명궁인 길버트는 한치의 실수도 없이 화살 세 대를 모두 검은 점에 명중시켰다.

"훌륭한 솜씨군요! 지금껏 내가 보았던 궁수들 중에 당신이 제일이오."

로빈 후드는 길버트의 어깨를 툭 치며 그렇게 말한 뒤, 앞으로 나섰다. 그는 활 쏘는 자리에 서서 화살을 이리저리 살펴보기 시작했다.

"인정이 많으신 성 하버트여! 만일 당신이 저놈의 팔꿈치를 살짝 건드려 그의 화살을 빗나가게 해 주신다면, 저는 가까운 당신의 교회에 굵은 양초 160개를 바치겠습니다."

헨리 2세는 로빈 후드의 실수를 바라며 나직한 목소리로 기도를 하기 시작했다. 그러나 헨리 2세의 간절한 기도는 이루어지지 않았다.

로빈 후드는 마음에 드는 화살 세 개를 고른 뒤, 길버트를 바라보았다.

"잊지 말고 꼭 한번 셔우드를 찾아오시구려."

그렇게 말한 후 그는 활시위를 힘껏 끌어 당겼다.

"런던에서는……."

로빈 후드는 말하는 도중에 화살을 놓았다.

"제비나 까마귀밖에 쏠 수 없지만, 셔우드 숲에서는 영국에서 가장 멋진 사슴을 쏠 수 있소."

그는 이런 식으로 이야기를 하며 활을 쏘았다. 화살은 과녁의 한복판인 검은 점의 한가운데를 정확하게 꿰뚫었다.

"이야기를 하면서 활을 쏘다니……, 귀신도 그렇게는 쏘지 못 할 거요."

길버트는 로빈 후드의 귀신같은 활솜씨에 감탄을 금치 못했다.

"천만의 말씀이오!"

로빈 후드는 계속해서 활을 당겼다. 두 번째 화살 역시 첫 번째 화살 바로 옆에 들어맞았고, 마지막 화살은 먼저 쏘았던 두 대의 화살 가운데에 정확하게 꽂혔다. 연달아 꽂힌 세대의 화살은 함께 부르르 떨리고 있었기 때문에, 멀리서 보면 굵은 한 대의 화살처럼 보였다.

"저럴 수가……."

그 모습을 보고 있던 관중들은 무리 속에서 서로 웅성거리기 시작했다.

"로빈 후드야말로 영국 제일의 명궁이다!"

관중들은 큰소리로 로빈 후드의 이름을 부르며 환호성을 질렀다. 길버트와 다른 근위병들도 모두 로빈 후드의 솜씨에 아낌없는 박수를 보내 주었다.

그러나 단 한 사람, 헨리 2세는 화가 치밀어 올랐다. 그의 부하들이 산도적들에게 졌다는 것을 인정하고 싶지 않았기 때문이었다. 헨리 2세는 신경질적으로 의자의 팔걸이를 두드리며 소리쳤다.

"길버트는 아직 진 것이 아니다. 똑같이 검은 점을 모두 맞혔으니, 두 사람의 점수가 같다. 두 사람은 다시 승부를 겨루도록 해라. 승부가 결정날 때까지 시합은 계속할 것이다."

그래서 길버트와 로빈 후드는 다시 시합을 벌이게 되었다. 그러나 이어진 시합에서 길버트는 결정적인 실수를 범하고, 마침내 로빈 후드가 쏜 화살은 보기 좋게 검은 점 한복판을 명중시키게 되었다.

"흥! 왕비, 그대가 이겼소."

헨리 2세는 치밀어 오르는 분을 삭이지 못하고 자리를 박차고 일어나 돌아가 버렸다. 그러자 왕비와 신하들도 부랴부랴 헨리 2세의 뒤를 따라갔다.

헨리 2세와 왕비, 신하들이 모두 돌아가자, 심판관들은 로빈 후드 일행에게 상품을 건네주었다.

"이 금 뿔나팔은 활쏘기 대회를 영원히 기념하기 위해서 내가 보관하겠소. 그리고 이 금화 주머니는 근위대 제일의 궁사인 길버트, 당신에게 주고 싶구려. 여기 다섯 분들께 모두 이 금 화살을 나누어 드리고 싶소. 이 화살을 간직해 두면, 나중에 그대들이 영국에서 가장 훌륭한 궁사였다는 증거로 자손들에게 남기시길 바라오."

로빈 후드는 금 뿔나팔을 제외한 다른 상품을 모두에게 나누어 주었다. 그러자 리틀 존도 자신의 상품을 티푸스에게 돌려주었다.

"티푸스, 나도 숫사슴 100마리를 그대에게 돌려주고 싶소. 50마리는 그대가, 나머지 50마리는 그대가 좋아하는 이들에게 나누어 주시오. 우리 셔우드에는 사슴들이 너무 많아서 숫사슴은 필요가 없소."

로빈 후드와 리틀 존의 모습을 지켜보던 많은 관중들은 뜨거운 박수를 보내며 환호성을 질렀다.

"로빈 후드 만세! 리틀 존 만세! '유쾌한 사람들' 만세."

그때, 키가 훤칠한 근위병 한 명이 가까이 다가와 로빈 후드의 소매를 끌어 당겼다. 그리고 귓속말로 속삭였다.

"로빈 후드 님, 잠깐 전해드릴 일이 있어서 찾아 왔습니다. 당신을 알고 있는 어느 귀부인께서 사자가 짖고 있으니 목을 조심하라며 당부의 말씀을 전하셨습니다."

"그게 사실인가?"

로빈 후드는 깜짝 놀라 되물었다. 그는 왕비가 헨리 2세의 노여움을 알리기 위해 자신에게 근위병을 보냈다는 사실을 알아차릴 수가 있었다.

"고맙네, 귀부인께도 감사의 말씀을 전해 드리게."

로빈 후드 일행은 환호하는 군중 속을 헤치고 핀스버리 경기장을 빠져나와, 셔우드 숲을 향해 달려갔다.

하지만 셔우드로 돌아가는 길목 곳곳마다 헨리 2세의 명을 받은 군사들이 이미 로빈 후드 일행을 기다리고 있었다. 뿐만 아니라 왕비의 시종 퍼딩턴이 찾아와 추격대가 로빈 후드 일행을 잡기 위해 오고 있다는 소식을 알려주었다.

그리고 히아퍼드 주교가 범법자들을 이대로 셔우드 숲으로 돌려보낼 시에는 영원히 로빈 후드를 잡지 못할 것이라고 왕을 부추겨 왕에게 로빈 후드의 체포명령을 받은 추격대가 로빈 후드 일행을 잡으러 달려오고 있다는 것이었다.

"시간이 없다. 여기서 둘로 나뉘어 셔우드 숲에서 만나기로 하자. 나는 혼자 서쪽으로 갈 테니 너희 셋은 동쪽으로 가도록 해라. 모두 무사히 다시 볼 수 있기를 바란다."

로빈 후드와 부하들은 각각 서쪽과 동쪽으로 달려가기 시작했다.

리틀 존과 레드 윌, 앨린은 케임브리지와 링컨을 지나 셔우드 숲의 북쪽지방인 케인즈버러에 도착했다. 그들은 사람들의 눈을 피해서 조심스레 이동한 끝에 별다른 일 없이 무사히 셔우드 숲에 도착하게 되었다.

한편, 서쪽으로 향한 로빈 후드는 노팅엄 근처의 스텐턴에서 그만 국왕의 부하들을 만나고 말았다. 한참을 국왕의 부하들의 추격을 피해 달아난 로빈 후드는 잠시 개울가에서 목을 축이고 있었다. 그러나 그것을 목격한 추격대가 숲에서 몸을 숨긴 채, 로빈 후드를 향해 빗발치듯 화살을 퍼부었다. 그러나 그곳은 로빈 후드가 눈 감고도 찾을 수 잇을 정도로 훤히 잘 알고 있는 곳이었다. 로빈 후드는 이리저리 방향을 바꿔가며 가까스로 추격대를 따돌리고 나서야, 잠시 한숨을 돌릴 수 있었다.

'추격대가 이곳까지 따라붙다니……, 노팅엄은 물론이고 서우드로 향하는 길은 모두 지키고 있겠구나. 안 되겠다.'

로빈 후드는 위기를 벗어날 방법을 생각하기 시작했다. 그리고 얼마 지나지 않아 그의 머릿속에는 기가 막힌 생각이 떠올랐다.

그는 재빨리 길가로 나아가 지나나는 행인을 붙잡고 자신이 지금 처해있는 상황을 얘기하여 그와 옷을 바꿔 입기로 했다.

'미안하오, 하지만 내가 아닌 걸 알면 당신은 금방 풀어 줄 것이라오.'

행인과 옷을 바꿔 입자, 병사들은 모두 로빈 후드의 정체를 몰라 보았다. 그리하여 로빈 후드는 한 차례의 위험을 무사히 넘기고 서우드를 향해 발걸음을 재촉했다.

며칠 후, 로빈 후드는 서우드 숲에 거의 다다르게 되자 안도의 한숨을 내쉬었다.

'휴……, 이제 거의 다 도착했구나. 설마 여기까지 쫓아오지는 못했겠지. 이제 조금만 더 가면, 그리운 숲이다.'

그는 피곤에 지친 몸을 이끌고 숲을 향해 걸어가기 시작했다. 그런데 길 저편에서 어디선가 본 듯한 기사가 다가오는 것이 보였다. 점점 자신을 향해 다가오는 기사의 얼굴을 확인한 로빈 후드는 급히 말을 멈추고 뛰어 내렸다.

"아니? 리처드 경께서 여긴 어쩐 일이십니까?"

로빈 후드는 반가움에 어쩔 줄을 몰랐다. 그는 지금까지 있었던 모든 일을 리처드 경에게 전부 다 이야기해 주었다.

"그런 일이 있었구려! 허나 앞으로가 더 큰일이오. 런던으로부터 연락을 받은 주지사의 부하들이 숲으로 향하는 모든 길을 전부 막아서고 있소이다. 거기다가 뒤에서는 폐하의 추격대가 쫓아오고 있으니. 이것 참, 앞으로 나가지도, 뒤로 물러서지도 못하는 상황이 되었구려."

리처드 경은 슬픈 표정으로 고개를 가로 저었다.

"대체 어찌하면 좋겠습니까?"

로빈 후드는 절박한 심정에 리처드 경의 손을 붙잡고 애원하기 시작했다.

"이제까지는 정체를 속여 왔지만, 더 이상은 불가능할 것이오. 돈으로라도 그대를 돕고 싶지만 돈으로 해결될 문제도 아니고, 그렇다고 국왕 폐하와 싸울 수도 없는 노릇이니 나도 답답하구려."

리처드 경은 힘없이 고개를 숙였다.

"아무런 방법이 없겠습니까?"

"한 가지 방법이 있긴 있소이다. 내 부하로 변장해 런던으로 가서 왕비님께 간청을 하는 것이오. 왕비님 곁에 있으면 어느 누구도 그대에게 접근하지 못할 테니까. 로빈 후드, 그대가 살 길은 이것뿐이오."

하는 수없이 로빈 후드는 리처드 경의 부하로 변장해 런던으로 되돌아갔다. 도저히 그 방법 이외에는 다른 길이 없었기 때문이었다.

무사히 런던에 도착한 리처드 경과 로빈 후드는 왕실정원에 있던 엘리노어 왕비를 찾아갔다.

"아니! 이게 어찌된 일인가요? 노여움에 날뛰는 사자굴 속으로 겁도 없이 뛰어들다니……, 이 소식이 폐하의 귀에 들어가는 날에는 당장에 목이 날아갈 거예요."

왕비는 깜짝 놀란 표정으로 로빈 후드를 바라보았다.

"예, 그러하옵니다. 왕비님, 저는 폐하께서 저를 찾고 계시다는 사실을 너무 잘 알고 있기에 이렇게 찾아온 겁니다. 길목마다 군사들이 지키고 있어 도저히 돌아갈 길이 없습니다. 왕비님께서 처음 약속처럼 아무일 없이 서우드 숲으로 돌려보내 주신다던 약속도 있긴 했지만, 이제 서우드 숲으로 돌아갈 수 없다면 차라리 왕비님께서 제 목숨을 거두어 주십시오."

로빈 후드는 무릎을 꿇고 왕비에게 간곡히 부탁했다.

"그대의 뜻은 알겠어요. 사실 서우드 숲으로 다시 안전하게 돌려 보내 준다고 한 약속을 지키지 못해 마음이 무척 아팠으나 이제 로빈 후드 당신을 이렇게 다시 보았으니 다시 한 번 그대를 위해 폐하를 만나 보겠어요. 내가 돌아올 때까지 여기서 기다리고 계세요."

왕비는 장미꽃이 만발한 뜰에 로빈 후드를 남겨둔 채 황급히 떠나갔다. 왕비는 오랫동안 모습을 나타내지 않았다.

'왜 이렇게 돌아오시지 않는 거지? 이러다 정말 죽는 것은 아닌

지 모르겠구나.'

좀처럼 왕비가 돌아오지 않자, 로빈 후드는 점점 불안해지기 시작했다. 하지만 함부로 움직이다가는 정말 꼼짝없이 붙잡힐 상황이었기에 그저 왕비가 돌아오기만을 기다릴 수밖에 없었다.

한참이 지난 뒤, 왕비는 로버트 리 경과 함께 모습을 나타냈다. 로버트 리 경은 로빈 후드 앞으로 다가와 냉정하고 엄숙한 태도로 입을 열었다.

"로빈 후드! 자비로우신 국왕 폐하께서 그대에 대한 노여움을 푸셨다. 폐하께서는 왕비님의 간곡한 간청을 들으셔서 너를 무사히 돌아가게 해 주시겠다고 약속하셨다. 또한, 폐하께서 자비를 베풀어 시종 한 사람까지 딸려 주셨으니 네가 돌아가는 길에 어떤 방해도 받지 않을 것이다. 그러니 인자하신 왕비님의 은혜에 깊이 감사하도록 하여라. 왕비님의 간청이 없었다면 지금쯤 네놈의 목은 바닥에서 뒹굴고 있을 것이다. 앞으로는 두 번 다시 폐하의 노여움을 사지 않도록 조심하거라."

로버트 리 경은 차가운 눈초리로 로빈 후드를 훑어보더니, 밖으로 나가 버렸다.

"정말 감사합니다. 목숨을 구해주신 은혜는 죽는 날까지 절대로 잊지 않겠습니다."

로빈 후드는 크게 감격하여 왕비에게 몇 번이고 감사의 인사를 드렸다.

"아니에요. 당신의 목숨을 구할 수 있어서 저도 기쁩답니다."

왕비는 환하게 웃으며 무릎을 꿇은 로빈 후드를 일으켜 세워 주었다.

그리하여 로빈 후드는 왕의 시종과 함께 궁궐을 나와 셔우드를 향해 출발했다. 오는 길에 국왕의 군대와 마주쳤으나 어느 누구도 로빈 후드를 막아서지 않았다. 헨리 2세의 시종과 함께 돌아가는 길이었기에 로빈 후드는 마음 편하게 주변의 경관을 즐기며 발걸음을 옮겼다.

그리고 마침내, 그들은 아름다운 나뭇잎이 무성한 셔우드 숲에 무사히 도착하게 되었다.

II

로빈 후드와 기스본의 가이

활쏘기 대회가 끝난 지 몇 달이 지났다. 그동안 로빈 후드는 곧 돌아오기 힘든 먼 곳은 되도록 여행을 하지 않았다. 활쏘기 대회를 다녀오는 동안 목숨을 잃을 뻔했던 기억이 아직도 남아 있기 때문이었다.

그러는 사이 영국에서는 국왕 헨리 2세가 죽고, 리처드 왕이 왕위를 이어받았다. 국왕이 바뀌어 영국의 정세는 크게 바뀌었지만 로빈 후드와 '유쾌한 사람들'은 변함없이 셔우드 숲 속에서 즐거운 시간을 보냈다.

그러던 어느 날 아침, 새들의 노랫소리에 눈을 뜬 로빈 후드는 자리에서 벌떡 일어나 숲을 둘러보기 시작했다. 여느 때와는 달리 주위의 나뭇잎은 산들바람에 춤을 추는 것 같았으며, 그 사이로 유난히 따사로운 햇살이 쏟아져 들어오고 있었다.

"리틀 존, 이렇게 기분 좋은 아침이면 괜히 가만히 앉아 있을 수가 없단 말이야. 안 그래? 오랜만에 마음 내키는 대로 모험이나 떠나볼까?"

"그거 듣던 중 반가운 소리요. 마침 저 앞에 두 갈래 길이 있으니 두목은 오른쪽으로 가고 나는 왼쪽으로 가도록 합시다."

리틀 존은 로빈 후드의 제안을 흔쾌히 승낙했다.

"좋아. 하지만 너무 지나친 장난은 삼가하도록 해! 알았지?"

두 사람은 악수를 하고 각각 양쪽의 길을 향해 걸어가기 시작했다. 두 갈래길 사이로는 커다란 나무들이 서 있었기 때문에 얼마 지나지 않아 두 사람의 모습은 나무들에 가려져 보이지 않게 되었다.

로빈 후드는 나뭇가지에서 지저귀는 새소리를 들으며 경쾌하게 발걸음을 옮기고 있었다. 그는 숲 속의 넓은 길이 곧장 뻗어 있는 곳까지 쉬지 않고 걸음을 재촉했다.

그렇게 열심히 걸어가고 있는 도중, 로빈 후드는 이끼 낀 참죽나무 그루터기에 앉아있는 한 사나이를 만나게 되었다. 그 사나이는 머리꼭대기에서 발끝까지 털로 된 말가죽을 옷을 입고 있었다. 얼굴 역시 말가죽으로 만든 고깔을 감싸고 있었으며, 곁에는 폭이 넓은 무거운 칼과 단검이 놓여 있었고, 옆의 나무에는 커다란 활이 세워져 있었다. 로빈 후드는 가던 길을 멈추고 사나이를 찬찬히 살펴보기 시작했다. 하지만 사나이는 로빈 후드가 가까이 와 있는 것을 전혀 눈치 채지 못하고 있었다.

로빈 후드는 사나이의 기묘한 행색에 호기심이 생겨 슬며시 옆으로 다가갔다.

"허! 참 괴상한 옷을 입고 있군! 볼만한데? 나는 이제껏 이런 복장을 한 사람은 처음 본다네. 만일 내가 못된 짓을 했거나 양심에 거리끼는 일을 했다면 아마 나는 자네가 나를 데려 가려고 온 저승사자인 줄로 알았겠네."

그 사나이는 아무 대답도 하지 않고 말가죽으로 만든 두건을 뒤로 젖혔다. 그러자 굵은 눈썹과, 열쇠처럼 구부러진 코와, 무서운 검은 눈동자가 드러나게 되었다. 풍기는 인상이며, 얇은 입술과 함께 번쩍번쩍 빛나는 눈빛은 마치 사나운 독수리 한 마리를 보고 있는 것 같은 기분이었다.

"네놈은 누구냐?"

사나이는 거칠고 큰 목소리로 입을 열었다.

"어이! 그렇게 무뚝뚝하게 말하지 말라고! 오늘 아침에 뭘 잘못 먹었나 보지?"

로빈 후드는 한쪽 입가에 미소를 지은 채 놀리듯이 빈정거렸다. 그러나 사나이는 한 마디 대꾸도 없이 잡아먹을 듯한 눈초리로 로빈 후드를 노려보기 시작했다.

"뭐 하는 놈인지 네 이름을 밝혀라!"

잠시 침묵 끝에 사나이가 먼저 말을 걸었다.

"다행이다. 난 또 네 녀석이 말하는 방법을 잊어버린 건 아닌지 걱정했어! 정체를 밝히라고? 내 이름이야 뭐 아무래도 좋아. 이 근방에서는 내가 너보다는 알려져 있으니 내 이름보다는 네놈 이름부터 먼저 밝혀라. 그 괴상한 옷을 걸치고 있는 이유도 말해 준다면 더욱 좋고!"

사나이는 로빈 후드의 말을 듣고 낄낄거리기 시작했다.

"내가 왜 당장에 너를 때려 죽이지 않는지 모르겠군. 바로 이틀 전만 해도 노팅엄 변두리에서 내게 지껄이던 놈 하나를 죽였는데 말이야. 이 옷이야 내 몸을 가리기 위해 입고 있을 뿐이다. 게다가 칼에 찔려도 아무렇지 않을 정도로 이 옷은 갑옷처럼 튼튼하니까 일거양득인 셈이지. 혹시라도 소문을 들었는지 모르겠지만 나는 기스본의 가이다. 히아퍼드에서 왔지."

"그랬군. 대체 여기까지 무슨 일로 온 거지?"

"히아퍼드 주교에게 심부름을 받았다. 노팅엄 주지사의 부탁을 들어 주라는 심부름이었지. 부탁을 들어주면 돈도 200파운드나 주고, 내가 그동안 지은 죄도 용서해 준다더군. 부탁은 간단해! 로빈 후드라는 녀석을 붙잡아 오라는 거야. 뭐 죽여도 상관없다고 하더군."

가이는 음흉한 미소를 띠며 이야기를 계속했다.

"이 근방에는 로빈 후드와 맞설만한 놈이 한 놈도 없는 모양이야. 하긴 '도둑은 도둑에게 잡게 하라'는 속담도 있잖아. 나같이 훌륭한 악당이 아니면 그놈같이 호락호락 하지 않은 도둑을 잡을 수 없지. 로빈 후드도 참 딱하게 되었어. 날 만나는 날이 그놈의 제삿날이 될 테니까!"

그 말을 듣는 동안 로빈 후드는 속에서 분노가 치밀어 올랐다. 그의 만행은 온 고장에 유명하게 알려져 있으며 그가 히아퍼드에서 한 잔인한 살인행위에 대해서도 잘 알고 있었다. 로빈 후드는 이 사내를 앞에 대면하고 있는 것만으로도 분통이 터졌지만 목적을 이루기 위해서는 꾹 눌러 참았다.

"그래? 내가 로빈 후드를 좀 알고 있는데, 그 사람은 이 근방에서 가장 강하다고 소문이 나 있어."

그 말에 기스본의 가이는 또 다시 거친 웃음을 터뜨렸다.

"흥! 이 근방에서는 제일인지 모르지만 이 따위 돼지우리 같은 곳에서 강해봤자 아무 소용도 없어. 내 손에 걸리기만 하면 바로 끝장이야. 뭐 숲 속의 도둑놈들 두목이라고 하던데? 산림관을 한 명 죽인 것 말고는 누구를 죽인 적도 없다고 하니 보나마나 별 거 아닐 거야. 활을 잘 쏜다고 하지만 그깟 화살이야 피하면 그만인걸."

"얕보지 않는 게 좋을걸? 노팅엄 사람들은 모두 굉장한 활솜씨를 가지고 있어. 난 거기에 비하면 아무것도 아니지만, 당신 정도는 언제든지 상대할 수 있지."

그 말에 기스본의 가이는 놀란 눈으로 로빈 후드를 쳐다보더니 숲이 울릴 정도로 또 한 번 한바탕 웃음을 터뜨렸다.

"내게 그렇게 말하다니 네 녀석은 보통 대담한 게 아니군. 내게 그렇게 말하는 네 녀석 용기가 가상하다. 내게 감히 그렇게 말한 사람은 거의 없었다. 자, 그럼 나와 함께 활쏘기 시합을 해 볼까?"

결국, 로빈 후드의 말에 넘어간 가이는 로빈 후드와 활쏘기 시합을 벌이게 되었다. 두 사람은 과녁을 정해놓고 각각 두 발씩 화살을 쏘아 승부를 가리기로 했다. 로빈 후드는 엄지손가락만 한 나뭇가지를 꺾어 백 걸음 정도 떨어진 곳에 꽂아 놓았다.

"자, 네가 정말 명궁이라면 저 정도는 아무것도 아니겠지? 어디한번 쏘아 보거라."

가이는 화살을 들고 신중하게 과녁을 겨누었다. 그러나 화살은 두 대 모두 과녁을 빗나가고 말았다.

"칼도 그런 솜씨라면 네가 말한 것처럼 로빈 후드를 이기기에는 좀 어렵겠는걸."

로빈 후드는 껄껄 웃기 시작했다.

"혓바닥을 함부로 놀리는구나. 조심해. 계속 제멋대로 지껄이다가는 뿌리째 뽑아 버리는 수가 있어."

가이의 말을 들은 로빈 후드는 치미는 화를 삭이며 아무 대답도 하지 않았다. 그는 조용히 화살을 들고 재빠른 모습으로 활을 당겼다.

첫 번째 화살은 과녁에서 조금 빗나갔으나, 두 번째 화살은 정확히 과녁 정중앙에 맞아 가지를 둘로 쪼개어 버렸다.

"자, 이제 네놈의 솜씨를 알았다. 네놈이 햇빛을 보는 것도 오늘이 마지막인 줄 알아라. 바로 너 같은 놈들 때문에 이 나라가 더러워지고 있는 거다. 잘 봐라. 네놈이 찾던 로빈 후드가 바로 나다!"

로빈 후드는 칼을 번쩍 뽑아들고 가이를 향해 달려갔다. 가이 역시 잽싸게 칼을 뽑아 로빈 후드에게 맞섰다. 두 사람은 맹렬한 기세로 서로를 공격하기 시작했다. 찌르고, 베고, 막고, 튕겨내며 두 사람은 필사적으로 서로를 향해 공격을 서슴치 않았다.

하지만 가이의 실력은 로빈 후드에게 미치지 못했다. 몇 차례의 칼을 주고받는 동안, 로빈 후드의 칼은 몇 번이나 상대를 베고 지나갔으나, 가이의 칼은 로빈 후드의 몸에 닿지 못했다.

"이제 끝이다!"

순간, 허점을 보인 가이를 향해 로빈 후드는 번개같이 칼을 찔러들어갔다. 그야말로 전광석화 같은 찌르기였기에 가이는 막을 생각조차 못하고 그대로 배를 찔리고 말았다.

"으악!"

가이는 배에 칼을 꽂은 채로 비명을 지르더니 앞으로 고꾸라지고 말았다.

"두 번째 살인이지만, 이번은 결코 후회하지 않는다. 이놈은 세상을 어지럽히는 멧돼지나 다름없으니까. 흥! 주지사놈, 기다리고 있어라. 저런 악인을 내게 보낸 답례로 이 옷을 입고 네놈을 찾아가 주마."

로빈 후드는 가이의 말가죽 옷을 벗겨 입은 뒤 칸과 단검을 허리에 찼다. 그리고 활과 화살을 주워들어 어깨에 멘 후에 가이가 쓰고 있던 말가죽 고깔로 얼굴을 가렸다.

"주지사, 네 이놈……, 조금만 기다려라."

감쪽같이 가이로 변장한 로빈 후드는 노팅엄을 향해 힘차게 걸어가기 시작했다.

로빈 후드와 갈림길에서 헤어진 리틀 존은 숲의 끝까지 걸어오게 되었다. 그는 길을 따라 계속 걸음을 옮긴 끝에 사과나무 밭 뒤에 있는 어느 작은 초가집에 이르렀다.

"아이고! 아이고!"

작은 초가집 안에서는 슬픈 울음소리가 들려오고 있었다.

'누가 울고 있는 거지?'

구슬픈 울음소리에 깜짝 놀란 리틀 존은 집안으로 들어가 보았다. 그 곳에는 머리가 하얗게 센 할머니가 불도 없는 난로 옆에 앉아서 서럽게 울고 있었다.

"할머니! 무슨 일로 그렇게 슬피 울고 계십니까?"

리틀 존은 할머니에게 다가가 어깨를 토닥거리며 사연을 물어보았다. 할머니는 리틀 존의 위로에도 한참 동안 울음을 그치지 않더니 이윽고 슬픈 사연을 털어놓기 시작했다.

"내게는 아들만 삼형제가 있다네. 그런데 우리 집은 너무 가난해서 먹을 것이 아무것도 없었어. 보다 못한 아들 녀석들이 어젯밤 숲에 들어가서 사슴을 한 마리 잡아 왔다네. 그런데 그만 핏자국을 따라 우리 집까지 찾아온 산림관들이 부엌에 놓아둔 사슴고기를 보고만 거야. 산림관들은 아들들을 닦달했지만 장남인 큰 애가 혼자서 사냥했다고 말을 했지만 결국 두 동생은 형을 배반하고 싶지 않아서 사실대로 말하자 산림관들이 내 아들놈들을 모두 잡아갔다네."

"저런!"

"산림관들이 말하기를 앞으로 누구도 숲의 사슴을 죽이지 못하도록 사슴을 죽인 범인을 본보기로 목을 매달아 죽이라고 주지사가 명령을 했다더군. 주지사가 로빈 후드를 잡으려고 어떤 사나이를 보냈는데, 그 사나이가 돌아오면 내 아들들을 죽이라고 했다 하네. 이제 내일이면 내 아들들은 꼼짝없이……."

할머니는 말을 끝까지 잇지 못하고 또다시 슬프게 울기 시작했다.

"걱정 마십시오. 제가 할머니의 아드님을 구해 드리지요. 혹시 입을 만한 옷이 있으면 한 벌만 주십시오. 옷을 바꿔 입고 반드시 아드님들을 구해 오겠습니다."

할머니는 2년 전에 죽은 할아버지의 옷을 가지고 왔다. 할머니로부터 옷을 건네받은 리틀 존은 시골 할아버지의 모습으로 변장을 하기 시작했다. 먼저 옷을 갈아입고, 삼베실로 가발과 수염을 만들어 붙인 다음에 챙이 넓은 큰 모자를 썼다. 거기에 지팡이까지 들자, 리틀 존은 누가 보아도 영락없는 시골 할아버지의 모습이었다.

"조금만 기다리세요, 할머니."

리틀 존은 주지사가 머물고 있다는 셔우드에서 그리 멀지 않은 남쪽의 주막집을 향해 떠나기 시작했다.

한편, 주막집에서는 산림관들에게 개처럼 끌려온 삼형제가 주지사 앞에서 벌벌 떨며 서 있었다.

"네놈들이 국왕 폐하의 사슴을 잡은 놈들이냐? 네놈들도 농부가 밭을 어지럽히는 까마귀를 잡으면 본보기로 목을 매다는 것을 알고 있겠지? 너희도 폐하의 사슴을 죽였으니 본보기로 목을 매달아 주마! 노팅엄처럼 아름다운 땅이 너희 같은 나쁜 놈을 키우는 고장이 될 수는 없지. 이번에야말로 본때를 보여주겠다."

주지사는 큰소리로 삼형제를 꾸짖었다. 삼형제 중 제일 큰형이 무엇인가를 대답을 하려고 했으나, 주지사에게 욕만 얻어먹을 뿐이었다.

"저놈들을 매달아라! 여기는 주막집이라 곤란하니 숲 근처로 가

서 셔우드 숲의 나무에 매달아라. 숲 속의 도둑놈들에게 본보기가
될 테니."

부하들은 삼형제를 끌고 숲을 향해 가기 시작했다. 주지사는 말
을 타고 앞장서서 목을 매달 장소를 살피기 시작했다.

"주지사님, 제발 한번만 용서해 주십시오. 다시는 그러지 않겠습
니다."

삼형제는 울음을 터뜨리며 살려달라고 애원을 하였으나 아무런
소용이 없었다.

이윽고 커다란 참죽나무 아래에 다다른 주지사와 부하들은 아
랑곳하지 않고 목을 매달기 위한 준비를 시작했다. 그들은 기다란
밧줄을 둥그렇게 메어 삼형제의 목에 걸고, 한쪽 끝을 두꺼운 나뭇
가지에 매달았다.

"참회를 위해 신부님이 있었으면 좋겠지만, 없으니 하는 수 없
다. 네놈들은 자신들이 저지른 죄를 모두 등에 지고 지옥에 떨어지
게 되는 것이다!"

그때, 한 노인이 나타나 지팡이에 몸을 기댄 채 그 광경을 물끄
러미 바라보았다. 주지사는 밧줄을 잡아당기라고 명령을 내리려
는 순간에 그 노인의 모습을 발견했다.

"노인장! 잠깐 동안 일하고 6펜스를 벌어볼 생각이 없는가?"

주지사는 노인을 향해 큰소리로 외쳤다.

"무슨 일인데 그러십니까?"

노인은 천천히 주지사 앞으로 다가왔다.

"어라? 어디서 많이 본 얼굴이구만. 노인장 이름이 뭔가?"

주지사는 노인으로 변장한 리틀 존의 얼굴을 뚫어지게 쳐다보았다.

"가일즈 호블입니다."

"가일즈 호블? 가일즈 호블이라……."

주지사는 노인의 이름을 몇 번이고 되뇌면서 골똘히 생각을 해봤지만 도저히 기억이 나지 않았다.

"내가 아는 사람이랑 닮은 모양이군. 뭐, 아무튼 좋다. 노인장이 해 줄 일은 여기 있는 세 사람의 목을 매다는 일을 도와주는 것이다. 해준다면 한 사람당 2펜스씩 쳐서 6펜스를 주겠다."

주지사는 부하들이 사형 집행인이 되는 것은 내켜하지 않았다.

"그런 일을 해 본 적이 없습니다만……, 확실히 6펜스를 주시는 겁니까?"

"물론이다! 나와 부하들 모두 숙소로 돌아가야 하니, 지금 빨리 집행해라."

"예, 알겠습니다. 그런데 주지사님, 이들이 고해성사를 했습니까?"

그러자 주지사는 웃으며 대답했다.

"아니, 하지 않았다. 하지만 그대가 그러고 싶다면 그것까지 해주어도 무방하다."

리틀 존은 떨고 있는 세 젊은이에게 다가가 입을 귀에 가까이 대고마치 고해성사를 들어주는 것처럼 작은 목소리로 속삭였다.

"밧줄이 잘려도 가만히 서 있어라. 그리고 내가 가짜 가발과 수염을 던지거든 그때 목의 줄을 풀고 곧장 숲 속으로 뛰어 들어가는 거다."

리틀 존은 주지사의 부하들 몰래 세 젊은이의 손에 묶은 밧줄을 잘라 주었다. 삼형제 모두 리틀 존의 말대로 마음의 준비를 단단히 갖추었다.

"잠깐, 활시위를 당기게 해주십시오. 이놈들을 매달면 가슴을 쏘아서 조금이라도 빨리 이 세상과 작별하도록 도와주렵니다."

"좋아, 좋아. 좋을 대로 해도 되니, 빨리 목을 매달아라."

리틀 존은 활을 꺼내 화살을 시위에 대는 것처럼 하며 뒤를 돌아보았다. 그리고 뒤편에 사람이 없는 것을 확인한 후에 갑자기 머리에 쓴 가발과 얼굴의 가짜 수염을 쥐어뜯고 큰소리로 외쳤다.

"도망쳐!"

리틀 존의 외침과 동시에 삼형제는 재빨리 목의 끈을 풀고 숲 속으로 도망치기 시작했다. 리틀 존도 사냥개처럼 잽싸게 달아나기 시작했다.

"무엇하느냐! 빨리 저놈들을 잡아라!"

주지사는 자신이 이야기를 나누었던 노인이 누구인지 이제야 깨닫게 되었고, 왜 진작 알아보지 못했을까 하는 마음에 불같이 화를 내며 소리를 지르기 시작했다. 그제야 주지사의 부하들은 허둥대며 리틀 존과 삼형제의 뒤를 쫓아오기 시작했다.

"모두 멈춰라! 한 발짝이라도 나오거나 활시위에 손을 댄다면 그놈부터 제일 먼저 머리통을 날려 버리겠다."

리틀 존은 상황이 불리하게 돌아가자, 얼른 걸음을 멈추고 뒤를 돌아보며 활을 겨누며 소리쳤다. 그러자 주지사의 부하들은 마치 허수아비처럼 그 자리에 우뚝 서 버리고 말았다. 리틀 존의 활솜씨는 모두가 익히 알고 있었기 때문이었다. 주지사는 부하들을 윽박질러 도망치고 있는 삼형제를 잡으러 앞으로 나가게 하려 했으나, 전부 헛일이었다.

그런데 활시위를 너무 팽팽하게 잡아당겼는지, 그만 리틀 존의 활이 '딱' 소리를 내며 부러져 버리고 말았다. 그것을 본 주지사와 부하들은 모두 함성을 지르며 리틀 존을 덮쳤다. 리틀 존은 재빨리 칼을 뽑아들고 저항했으나, 주지사의 부하들의 수가 너무 많았기 때문에 도저히 상대할 수가 없었다.

결국, 리틀 존은 주지사의 부하들이 휘두른 칼등에 맞아 그만 정신을 잃고 말았다. 그러는 사이 할머니의 세 아들들은 무사히 도망쳐서 숲 속에 숨어 있었다.

주지사와 부하들은 정신을 잃은 리틀 존을 끌고 주막으로 돌아왔다.

"드디어 이놈을 사로잡게 되었구나. 하하하……."

주지사는 기쁨을 감추지 못하고 크게 소리 내어 웃었다. 옛날 리틀 존에게 속아 봉변을 당한 이후, 리틀 존을 사로잡겠다는 간절한 바람이 드디어 이루어졌기 때문이었다.

"내일 아침 노팅엄 정문 앞의 교수대에 이놈을 매달겠다! 모두들 그렇게 알고 있도록."

주지사는 단번에 포도주 한 잔을 쭉 들이키더니 컵을 탁자에 '쾅' 소리가 나도록 내려놓았다.

"가이가 꼭 로빈 후드를 잡아야 할 텐데……. 아니야! 만약 가이가 실패한다면 그 교활한 산도적놈이 자기 부하를 구하러 올지도 몰라. 그 교활한 녀석에게 또 당할 수야 없지. 여봐라! 지금 당장 이놈의 목을 매달아라!"

주지사는 급히 밖으로 나와 부하들을 불러 모았다.

"아까 삼형제를 목 매달려던 곳으로 이놈을 끌고 가자!"

주지사가 재촉하자, 부하들은 리틀 존을 이끌고 좀 전의 장소로 되돌아가기 시작했다. 주지사는 혹시나 하는 불안한 마음에 앞장서서 힘껏 말을 달렸다.

이윽고 커다란 참죽나무가 있는 곳에 도착하자, 부하들은 리틀 존의 목을 매달기 위한 준비를 시작했다.

바로 그때였다.

"주지사님! 저기 어떤 사람이 이곳으로 뛰어오고 있습니다. 주지사님께서 숲 속으로 보낸 기스본의 가이라는 사나이인 것 같습니다."

"오! 맞다, 맞아. 멀쩡히 살아 돌아오는 것을 보니 로빈 후드를 해치운 모양이군!"

주지사의 말에 리틀 존은 고개를 들어 앞을 바라보았다.

"아니?"

사나이의 모습을 보는 순간, 리틀 존은 가슴이 터질 것 같은 충격을 느끼게 되었다. 그 사나이의 옷에는 피가 여기저기 묻어있었으며, 로빈 후드의 뿔나팔을 어깨에 메고, 손에는 로빈 후드의 활과 칼을 가지고 있었기 때문이었다.

가이로 변장한 로빈 후드가 가까이 다가오자 주지사는 반가운 목소리로 입을 열었다.

"오! 가이, 어떻게 되었나? 일은 잘 되었나? 아니, 옷이 전부 피투성이로군?"

"물론입니다. 이 피는 그놈의 피입니다. 나도 상처를 좀 입긴 했지만, 어쨌든 깨끗이 해치워 버렸습니다."

로빈 후드는 가이의 거친 목소리를 흉내 내었다.

"오! 장하구나! 그래, 뭐든지 소원을 말해 보거라. 그대에게 큰 상을 내리겠다."

"좋습니다. 아까 로빈 후드를 죽였으니, 그 부하도 제 손으로 죽이게 해 주십시오."

"안 될 것도 없지. 좋아, 네게 맡기겠다."

"감사합니다. 그럼 이놈을 저쪽 나무에 세워 주십시오. 제가 오늘 멧돼지를 잡을 때 어떻게 하는지 보여 드리도록 하겠습니다."

주지사는 부하들을 시켜 리틀 존을 한쪽 편 나무에 세워 놓았다. 그러자 로빈 후드는 날카로운 단검을 뽑아들고 리틀 존에게 다가갔다.

"자! 내 심장은 여기다. 존경하는 나의 두목을 죽인 놈의 손에 죽는 것도 영광이니, 어서 날 죽여라! 죽는 것은 두렵지 않다. 다만 분한 것은 저 주지사 놈과 두목을 죽인 네놈에게 복수를 하지 못하는 것뿐이다."

로빈 후드를 노려보는 리틀 존의 눈에서는 하염없이 눈물이 흘렀다.

"나다, 리틀 존. 조용히 해."

로빈 후드는 어리둥절한 표정으로 눈물을 흘리고 있는 리틀 존에게 귓속말을 속삭였다.

"내가 끈을 자르면 앞쪽에 있는 내 활과 화살, 칼을 집는 거야. 알았지? 자, 간다!"

로빈 후드가 끈을 자르자, 리틀 존은 눈 깜짝할 사이에 활과 화살, 칼을 쥐었다. 그와 동시에 로빈 후드는 말가죽의 두건을 젖히고 잽싸게 화살을 들었다.

"꼼짝 마! 조금이라도 움직이는 놈은 용서하지 않겠다. 바보 같은 주지사님! 가이라는 놈은 이미 내 손에 세상을 떠났소. 다음에는 당신 차례가 될지도 모르니 조심하도록 하시오!"

말을 끝마친 로빈 후드는 뿔나팔을 세 번 힘차게 불었다. 그러자 윌 스타트레이를 비롯한 수십 명의 '유쾌한 사람들'이 숲 속에서 뛰쳐나왔다.

"모두 후퇴다! 후퇴하라!"

주지사와 그의 부하들은 노팅엄을 향해 정신없이 도망치기 시작했다. 그 순간 리틀 존이 쏜 화살이 바람을 가르고 날아가 주지사의 엉덩이에 정확하게 꽂혔다.

"으악!"

주지사는 비명을 지르면서도 말고삐를 늦추지 않았다. 주지사는 엉덩이에 화살을 맞은 채로 부하들과 함께 뽀얀 먼지구름을 피우며 저 멀리 노팅엄을 향해 달아났다.

셔우드 숲으로 돌아가던 일행들은 숲 속에서 할머니의 세 아들을 발견했다. 그들은 리틀 존에게 달려와 감사의 눈물을 흘리며 그의 손에 입을 맞추었다. 그렇지만 그들도 이제 도망자가 된 이상 그곳에서는 살 수가 없었다. 생각 끝에 로빈 후드는 그들도 셔우드의 숲으로 함께 가기로 하였다.

12

리처드 왕, 셔우드 숲에 오다

그로부터 두 달이 지난 뒤, 리처드 왕은 영국 전역을 돌아보던 중 노팅엄에 잠시 들르게 되었다. 리처드 왕이 도착하자, 노팅엄에서는 커다란 연회가 베풀어지게 되었다.

"내가 온다고 이렇게 좋은 자리를 마련했군. 수고했소."

"감사합니다, 폐하."

주지사는 정중한 태도로 리처드 왕에게 인사를 올렸다.

"그래, 내게 셔우드 숲에 사는 로빈 후드와 그 부하들의 이야기를 좀 들려주지 않겠소? 소문을 들으니 그대는 그 패거리와 몇 번 겨루어 본 일이 있다고 하던데?"

리처드 왕은 밝게 웃으며 노팅엄의 주지사를 바라보았다.

"그놈들은 법이라고는 전혀 지킬 줄을 모르는 악당들입니다."

주지사는 어두운 얼굴로 고개를 숙이며 말했다. 그러자 리처드 왕의 총애를 받는 헨리 경이 입을 열었다.

"제가 팔레스타인 전투에 참전했을 때, 아버지로부터 로빈 후드에 관한 이야기를 들은 적이 있습니다. 폐하께서 원하신다면 그 사람의 모험담 하나를 말씀드리겠습니다."

"오! 그래, 어서 말해보게."

헨리 경은 에메트 수도원으로부터 돈을 빌려 쓰는 바람에 전 재산을 빼앗겼다가, 로빈 후드의 도움으로 빚을 갚은 리처드 경의 이야기를 하였다.

"정말 대단한 사람이로구만! 이야기를 들으니 짐도 그 사람을 한 번 만나보고 싶구나!"

리처드 왕은 곁에 있던 휴버트 경에게 웃음 섞인 목소리로 말했다. 그러자 휴버트 경도 환하게 웃으며 리처드 왕의 말에 답했다.

"그것은 그리 어려운 일이 아닙니다. 폐하를 비롯한 수행원들이 전부 신부로 가장한 다음 100파운드 정도의 돈이 들어있는 지갑을 목에 걸고 숲을 찾아 간다면 틀림없이 로빈 후드를 만나 보실 수 있을 겁니다."

"좋아, 그럼 내일 당장 그렇게 하기로 하지."

리처드 왕은 그렇게 직접 내일 로빈 후드를 만나 보기로 결심을 하였다.

이튿날 아침, 리처드 왕 일행은 신부로 변장을 하고 서우드 숲을 향해 떠났다. 그들은 즐거운 이야기를 나누며 숲 속의 오솔길을 걷기 시작했다. 하지만 '유쾌한 사람들'은 좀처럼 리처드 왕 일행 앞에 나타나지 않았다.

결국 신부로 변장한 리처드 왕은 목에 걸린 지갑을 흔들며 큰소리로 외쳤다.

"먼 길을 왔더니 무척이나 목이 마르군. 마실 것을 깜빡할 줄이야. 지금 마실 것이 있다면 정말 100파운드를 주고 사 먹어도 아깝지가 않겠구나."

리처드 왕의 말이 채 끝나기도 전에 숲 속에서 키가 큰 사나이가 불쑥 나타나며 일행의 앞을 가로막았다.

"신부님께서 목이 무척 마르신가 보군요. 저희들은 이 근처에서 여인숙을 하고 있는데, 50파운드만 내신다면 좋은 술과 맛있는 요리를 대접해 드리겠습니다."

사나이는 손가락을 펴 입에 대고 날카롭게 휘파람을 불었다. 그러자 어깨가 딱 벌어진 60여 명의 사나이가 숲 속 양쪽에서 우르르 뛰쳐나왔다.

"너희들은 누구냐! 거룩한 신부님의 행차에 존경의 마음을 품지는 못할망정 길을 가로막다니, 무엄하구나!"

신부로 변장한 리처드 왕은 꾸짖듯이 소리쳤다.

"저는 로빈 후드라고 합니다. 좀 전에 100파운드를 주어도 아깝지 않겠다고 하는 것을 50파운드나 깎아 드린 것이니 너무 언짢아 하지 마십시오. 자, 애들아! 신부님의 지갑을 확인해 보아라."

"잠깐! 지갑은 여기 있다. 그러니 죄 없는 우리들에게는 손대지 말거라."

"허! 마치 국왕 폐하 같이 말하시는구려. 좋소이다. 레드 윌, 돈을 확인해 봐라!"

레드 윌이 돈을 세자, 로빈 후드는 50파운드만 빼고, 나머지는 리처드 왕에게 돌려주었다.

"틀림없이 50파운드만 받았습니다. 애들아! 신부님을 안내해 드려라."

로빈 후드와 '유쾌한 사람들'은 신부로 변장한 리처드 왕 일행을 이끌고 숲 속의 공터로 향했다.

"애들아! 귀한 신부님들이 목을 축이러 오셨으니 잔디밭에 사슴 가죽 자리를 깔아라!"

로빈 후드는 부하들을 시켜 리처드 왕 일행에게 술잔을 나누어 주고, 잔마다 가득히 술을 따라 주었다. 그런 다음 술잔을 높이 쳐들고 큰소리로 외쳤다.

"자, 우리 영국의 위대한 국왕 폐하를 위해 건배! 그리고 영국의 모든 적들이 전부 전멸해 버리도록 또 다시 건배!"

모두가 리처드 왕을 위하여 하늘 높이 잔을 들었다. 리처드 왕

역시 자기 자신을 위해 잔을 들면서 마음속으로는 크게 웃지 않을 수가 없었다.

'이놈들은 자기 자신들이 전멸하기를 바라면서 건배를 하고 있군.'

리처드 왕은 단숨에 술잔을 비우고, 로빈 후드를 돌아보며 말했다.

"이렇게 비싼 값을 치르고 음식을 먹었으니, 한 가지 부탁을 들어주었으면 하는데……, 소문을 들으니 영국에서 그대들의 활솜씨를 당할 자가 없다고 하더군. 어디 그 솜씨를 좀 보여줄 수 없나?"

"그것쯤이야 당장이라도 보여 드리겠소."

로빈 후드의 말이 끝나자마자, 당장 백이십여 걸음이 되는 곳에 자그마한 과녁이 세워졌다.

"각각 세 대씩 쏜다. 한 대라도 실수하는 자는 레드 월의 주먹을 맞는 거야."

먼저 돈커스터의 데이비드가 화살을 쏘았다. 데이비드가 날린 세 대의 화살은 모두 정확하게 과녁에 명중시켰다. 그 뒤를 이어 미치가 나와 힘차게 활을 당겼다. 그러나 한 개가 조금 빗나가는 바람에 미치는 레드 월의 주먹을 맛보게 되었다.

그리고 마지막으로 로빈 후드가 앞으로 나왔다. 그는 천천히 활을 집어 들더니 아주 빠르게 화살을 쏘았다. 그가 쏘아 보낸 첫 번째 화살과 두 번째 화살은 보기 좋게 과녁의 한복판을 꿰뚫었다.

"정말 대단한 실력이군. 100파운드를 주어도 좋으니 이 사나이를 근위병으로 삼고 싶구나."

로빈 후드의 실력을 지켜보던 리처드 왕은 자신도 모르게 혼자 중얼거렸다.

드디어 마지막 화살이 과녁을 향해 날아가기 시작했다. 하지만 로빈 후드의 마지막 화살은 안타깝게도 과녁을 조금 빗나가고 말았다.

"어? 두목이 실수를 할 리가 없는데?"

여태껏 이런 일이 없었기 때문에 로빈 후드는 자신은 물론이고, 부하들도 깜짝 놀랐다.

"자! 어쨌든 약속은 약속이니 이리로 오시죠."

레드 월은 조용하게 로빈 후드를 불렀다.

"그건 안 돼! 부하가 두목에게 손을 대는 것은 절대 안 되는 일이다. 하지만 약속은 지켜야 하니, 이 신부님들 중에서 가장 훌륭해 보이는 사람에게 한 대 맞기로 하지."

로빈 후드는 리처드 왕 앞으로 다가가 머리를 들이밀었다.

"좋아. 나는 그대에게 50파운드의 은혜를 입었으니, 그 보답을 하지."

"제법 배짱이 있으시군! 좋소. 만약에 당신이 날 때려 쓰러뜨린다면 50파운드를 되돌려 주겠소. 그러나 만약 쓰러뜨리지 못한다면 음식 값에서 되돌려 드린 50파운드를 다시 받겠소."

"그거 재미있군. 받아들이겠다."

리처드 왕은 소매를 걷어 올리더니 로빈 후드를 향해 힘차게 주먹을 내쳤다. 한 방 얻어맞은 로빈 후드는 그대로 나자빠졌다.

"와……, 이렇게 매운 주먹맛은 생전처음이야. 앞으로는 신부들도 조심해야겠군."

로빈 후드는 일어나며 주위를 두리번거렸다. 그 모습을 본 부하들은 배를 움켜쥐고 웃기 시작했다.

"제길 귀가 다 멍멍하군. 레드 윌! 어서 이 신부님께 50파운드를 내주게나! 그리고 어서 밖으로 모시고 나가거라."

로빈 후드는 귀를 만지작거리며 투덜거렸다.

"미안하게 됐군. 양쪽 귀가 잘 들리도록 한 대 더 맞고 싶을 때는 언제든지 오게. 그때는 공짜로 한 방 더 먹여줄 테니."

그때, 리틀 존이 60여 명의 부하를 이끌고 산채에 도착했다. 그 가운데는 리처드 경도 끼어 있었다.

"아니? 폐하! 이곳에 어쩐 일이십니까?"

리처드 경은 로빈 후드를 만나러 왔다가 뜻밖에도 국왕을 만나게 되자 깜짝 놀라 무릎을 꿇었다. 그 모습을 지켜보던 숲 속의 사람들은 모두 놀라 소리쳤다.

"뭐? 그럼 저 신부가 국왕 폐하라는 거야?"

"그렇다! 모두들 어서 무릎을 꿇어라!"

신부의 옷으로 가장한 한 사람이 '유쾌한 사람들'을 둘러보며 말했다.

"왜? 귀청이 떨어져서 말이 잘 들리지 않는가?"

리처드 왕은 로빈 후드에게 다가가 근엄한 목소리로 말했다.

"아닙니다, 폐하. 제 귀에 폐하의 말씀이 들리지 않게 될 때는 아마 제가 이 세상에 없을 때일 것입니다. 부디 저를 용서해 주십시오."

"잘 듣거라. 나의 자비로움과 내가 무사들을 아끼는 마음, 그리고 네가 짐에게 보여준 충성, 이 세 가지가 없었더라면 오늘 너는 양쪽 귀가 모두 멀었을 것이다. 너의 죄는 가벼운 것이 아니다. 그러므로 앞으로는 지금처럼 숲에서 날뛰는 것을 용서하지 않겠다. 너와 리틀 존, 레드 윌과 앨린은 런던으로 가서 짐의 근위병이 되어야겠다. 그리고 다른 자들은 모두 짐의 산림관이 되어 그동안의 죄를 갚도록 하여라."

"국왕 폐하 만세!"

숲 속의 사람들은 모두 껑충껑충 뛰면서 환호성을 질렀다.

그 일이 있은 뒤, 로빈 후드를 비롯한 세 사람은 런던으로 가 리처드 왕의 근위병이 되었다. 나머지 사람들은 모두 셔우드 숲에 남아서 국왕의 산림관의 역할을 착실하게 수행했다.

그렇게 세월은 흘러 2년 후 그동안 리틀 존과 레드 윌은 셔우드 숲으로 돌아왔으나, 로빈 후드와 앨린은 숲으로 돌아오지 못했다.

리처드 왕이 워낙 로빈 후드와 앨린을 총애했기 때문이었다. 로빈 후드는 리처드 왕의 충실한 부하로서 많은 일들을 했기 때문에 무척이나 바빴으며, 앨린은 항상 로빈 후드를 돕느라 정신이 없었다.

특히 로빈 후드는 리처드 왕을 따라 여러 전쟁터를 돌아다니며 큰 공을 세웠고 또한 강한 충성심과 성실함을 인정하여 때문에 리처드 왕은 로빈 후드에게 헌팅턴 백작이라는 칭호를 붙이게 하였다.

이렇게 로빈 후드와 앨린은 언제나 충성을 다해 리처드 왕을 모셨다.

AZRAEL

Robin·ſhooteth·his·Laſt·Shaft:

13

로빈 후드, 잠들다

그로부터 몇 년 후, 국민들에게 사자왕으로 불리던 리처드 왕은 그만 전쟁터에서 목숨을 잃게 되었다. 전사한 리처드 왕의 뒤를 이은 것은 그의 동생 존 왕이었다.

리처드 왕이 전사함에 따라 전쟁을 마치고 고국으로 돌아온 로빈 후드와 앨린은 말할 수 없는 쓸쓸함을 느끼게 되었다. 새로 왕위에 오른 존은 그들을 별로 좋아하지 않았으며, 다른 사람들도 그들을 반겨 주지 않았기 때문이었다.

"앨린, 이제 이곳을 떠날 때가 온 것 같구나. 우리 다시 셔우드로 돌아가도록 하자."

로빈 후드는 앨린을 데리고 런던을 떠났다.

먼 길을 여행한 끝에 마침내 셔우드 숲에 도착한 로빈 후드와 앨린은 길가에 서 있는 나무들, 돌멩이 하나하나까지 예전의 모습을 간직하고 있는 것을 보고 가슴 끝에서 올라오는 뭉클함에 코끝이 찡해졌다.

로빈 후드와 앨린은 즐거웠던 지난 일을 돌이켜 보면서 옛날 그들의 보금자리를 둘러보았다. 그곳은 눈에 들어오는 모든 것들이 옛날과 똑같았다. 그러나 단 한 가지, 그곳에 있었던 옛 동료들은 아무도 보이지 않았다.

"모두가 이곳을 떠났구나!"

로빈 후드와 앨린의 눈에 차츰 눈물이 고였다. 그들의 머릿속에는 리틀 존과 레드 월, 월 스타트레이 등 그리운 얼굴들이 스쳐가기 시작했다.

모두의 얼굴이 눈앞에 아른거리자, 로빈 후드는 오랜만에 뿔나팔을 불어보고 싶었다. 그는 어깨에 메고 온 뿔나팔을 뽑아 하늘을 향해 힘차게 불었다. 숲 속의 오솔길을 지나 멀리 퍼져나간 뿔나팔의 맑은 소리는 메아리가 되어 다시 나뭇잎 사이로 희미하게 들려왔다. 로빈 후드는 다시 한 번 힘차게 뿔나팔을 불었다.

셔우드 숲 근처에 남아 있던 동료들은 연이어 울린 뿔나팔 소리에 깜짝 놀라고 말았다. 낯익은 뿔나팔 소리가 갑자기 들려오자 혹시나 하는 마음에 리틀 존과 월 스타트레이를 비롯한 몇 명의 동료들은 예전의 보금자리를 향해 정신없이 달려가기 시작했다.

"로빈 후드! 두목!"

과연 예전의 보금자리에는 로빈 후드와 앨런이 있었다. 동료들은 모두 달려가 서로를 얼싸안고 감격의 눈물을 흘렸다.

"모두들 잘 지내고 있었구나. 그래, 우리들은 이곳을 너무 오래 떠나 있었던 거야. 이제 두 번 다시 우리의 보금자리를 떠나지 말자. 앞으로는 나도 헌팅턴 백작이 아니라 로빈 후드으로 다시 살아가겠어."

로빈 후드는 감격의 눈물로 흐릿해진 눈을 들어 돌아보았다. 그러자 동료들 역시 하염없이 눈물을 흘리며 굳게 손을 마주 잡았다.

며칠 후, 로빈 후드가 셔우드 숲으로 돌아왔다는 소문은 온 나라 안에 퍼져나갔다. 그리고 일주일도 채 되지 않아, 그의 옛날 부하들은 모두 셔우드 숲으로 모여 들었다.

그 소문은 런던에 있는 존 왕의 귀에도 들어갔다. 로빈 후드는 항상 존 왕의 경계 대상이었으며, 그가 셔우드 숲으로 다시 돌아가 옛날의 부하들과 다시 셔우드 숲에 자리를 잡은 것은 존 왕에게는 큰 부담이었다.

존 왕은 그 사실에 크게 분노하며 영국의 최고의 기사인 윌리엄 데일 경에게 군사를 주어 로빈 후드를 공격하라는 최후의 명령을 내렸다. 마침내 로빈 후드와 그의 부하들은 윌리엄 경이 이끄는 군사들과 피비린내 나는 전투를 벌이게 되었다. 국왕의 군사들은 모두 잘 훈련된 병사들이었으며 윌리엄 경 역시 훌륭한 솜씨를 지닌 기사였지만, 로빈 후드와 '유쾌한 사람들' 에게는 적수가 되질 못했다.

결국 윌리엄 경이 큰 부상을 당하고, 병사들도 전의를 상실하게 되자 국왕의 군대들은 숲 속에서 후퇴하고 말았다.

로빈 후드와 부하들은 용감하게 싸워서 얻은 승리가 무척 기뻤지만, 한편으로는 마음에 걸리기도 하였다.

'존 왕이 이대로 가만히 있을 리가 없어. 한 번 패배를 당했기 때문에 다음 번에는 더 큰 세력으로 셔우드를 공격해 들어 올 거야.'

전투가 끝난 뒤에도 이런 걱정에 사로잡혀 있던 로빈 후드는 마침내 열병에 걸려 눕고 말았다. 그는 사흘 동안이나 아무것도 하지 않고 앓아누워 있었지만, 병세는 전혀 차도가 보이지 않았다. 오히려 더욱 심해질 뿐이었다.

"리틀 존, 나를 사촌 여동생에게 데려다 주게. 요크의 수도원장인 사촌 여동생은 뛰어난 의술을 가지고 있으니 내 병을 고칠 수가 있을 거야."

로빈 후드의 사촌 여동생은 팔에 있는 정맥을 조금 쨴 후 사혈을 시켜 열을 내리게 해서 열병을 낫게 하는 방법을 알고 있었다.

그리고, 마침내 로빈 후드는 셔우드의 일을 윌 스타트레이에게 맡기고는 리틀 존과 함께 요크의 수도원으로 떠나게 되었다. 요크 수도원에 도착한 두 사람은 수도원 원장으로 있는 로빈 후드의 사촌 여동생을 만나게 되었다.

수녀원 원장으로 있는 사촌 여동생 역시 지금의 수도원 원장으로 있게 된 것도 리처드 왕이 로빈 후드를 총애하여 그 사촌 동생에게도 베풀어준 은혜였다.

마침내 병든 로빈 후드를 보자, 사촌 여동생은 두 사람을 따뜻하게 맞아 주었다.

로빈 후드와 리틀 존은 사촌 여동생이 뛰어난 의술로 로빈 후드를 고쳐 줄 것이라고 굳게 믿고 있었다. 하지만 오히려 사촌 여동생은 로빈 후드를 죽이기 위해 음모를 꾸미고 있는 줄은 꿈에도 모르고 있었다. 왕의 노여움을 산 로빈 후드를 살려주게 되면 자신에게까지 화가 미치지 않을까 하는 생각 때문이었다.

사촌 여동생은 로빈 후드를 둥근 탑 밑의 방 안에 가두고, 리틀 존을 들어가지 못하게 했다. 그리고 로빈 후드의 팔에서 피를 뽑기 시작했다. 사혈을 하기 위해서는 정맥에서 피를 뽑아야 하지만 그녀는 심장에서 가까운 동맥의 혈관을 깊게 찔러 로빈 후드의 동맥에서 피가 흘러나오는 것을 확인하고는 자물쇠를 잠그고 사라져 버렸다.

"리틀 존! 살려 줘! 리틀 존!"

뭔가 이상하다고 느낀 로빈 후드는 있는 힘껏 소리를 내어 불러 보았지만, 힘이 없어 제대로 소리가 나지 않았다.

로빈 후드는 흐르는 피를 멈추게 하려고 했지만, 악랄하게도 동맥을 그어놓아 지혈을 할 수가 없었다. 계속 피를 흘리던 로빈 후드는 점점 힘이 빠지는 것을 느끼며 가까스로 몸을 지탱해 뿔나팔이 있는 벽 쪽으로 기어갔다.

'안 되겠다. 뿔나팔이라도 불어야겠구나.'

로빈 후드는 있는 힘을 다해 가까스로 뿔나팔을 입에 가져다 뿔나팔을 세 번 불었다. 뿔나팔 소리를 들은 리틀 존이 곧 달려 왔지만, 방문은 무거운 자물통으로 굳게 잠겨 있었다.

"조금만 기다리십시오."

리틀 존은 있는 힘을 다해 문을 부수고 방안으로 뛰어 들어갔다. 방 안에서는 로빈 후드가 벽에 기대어 핏기 없는 얼굴로 리틀 존을 바라보았다.

"두목! 이게 어찌 된일 입니까? 이렇게 피를 흘리다니……,"

"속았다. 사촌 여동생이 날 속였어……, 하지만 리틀 존. 사촌 여동생을 미워할 수가 없구나. 너 역시도 이곳의 수녀원 사람들을 미워하거나 복수를 해서는 절대 안 될 것이다."

리틀 존은 분노에 가득 차 온몸을 부르르 떨었다. 그러나 사촌 여동생은 이미 수도원에서 자취를 감추고 난 뒤였다.

"알겠습니다, 두목."

리틀 존은 로빈 후드를 안아 일으켜서 활짝 열어 놓은 창가로 데리고 갔다.

로빈 후드는 창가에 기대어 그가 그토록 좋아하던 푸른 숲 쪽을 그리운 듯이 오랫동안 바라보았다. 그리고 리틀 존 역시도 복받치는 큰 슬픔을 속으로 삼켰다. 그 사이 태양은 천천히 서쪽으로 내려앉더니 마침내 온 하늘이 붉은 빛으로 타고 있었다.

리틀 존은 이제 곧 로빈 후드와 영원히 헤어져야 할 시간이 다가오는 것을 알고 있었다. 고개를 숙인 채 앉아 있던 리틀 존의 눈에는 뜨거운 눈물이 하염없이 흘러내렸다.

잠시 후 로빈 후드는 나지막한 목소리로 리틀 존에게 말했다.

"리틀 존, 마지막 부탁이 있다. 나에게 활을 들려다오."

리틀 존은 두목의 말에 묵묵히 활과 화살을 가져다 주었다. 그러자 로빈 후드는 손가락으로 자신의 활을 사랑스러운 듯이 만지며 웃었다.

그러던 로빈 후드는 온 힘을 다해 마지막 화살을 힘껏 쏘았다.

'위이이잉!'

팽팽하던 활시위가 소리를 내자, 그의 얼굴에는 기쁜 미소가 떠올랐다. 그 소리야말로 로빈 후드가 가장 사랑한 음악이었기 때문이었다.

"리틀 존, 저 화살이 떨어진 곳에 나를 묻어다오."

리틀 존은 슬픔으로 가슴이 꽉 메어 아무 대답도 하지 못하고 눈물만 흘리며 고개만 끄덕였다. 그 모습을 본 로빈 후드는 편안한 미소를 지으며 리틀 존의 품 안에서 조용히 눈을 감았다. 그렇게 로빈 후드는 아름다운 요크의 커크레스 수도원에서 눈을 감았다.

리틀 존은 그의 유언을 받들어 화살이 꽂힌 자리에 로빈 후드를 묻었다. 그리고 그의 묘비에는 다음과 같은 글이 새겨지게 되었다.

여기 이 작은 돌 아래에,

로버트 헌팅 백작 잠들다.

이 세상에 그와 같은 훌륭한 명궁은 없었으니,

사람들은 그를 가리켜 로빈 후드라고 불렀노라.

그와 그의 부하들처럼 의로운 사람들을

영국에서는 다시 보지 못하리라.

- 1227년 12월 24일

로빈 후드가 죽고난 후 그의 동료들은 모두 뿔뿔이 흩어졌지만, 큰 불행은 겪지 않았다. 노팅엄에는 전의 주지사보다 더 너그럽고 온화한 주지사가 새로 부임해 왔고, 일원들은 여기저기 흩어져서 살게 되었다. 그들은 평온하고 조용하게 살았다. 그리고 많은 사람들이 살아남아 이 이야기를 자손대대로 후세에 남겨 지금까지 전해 내려오게 된 것이다.

아서왕

King Arthur

OI

아서왕, 모험에 나서다

5세기 영국은 용맹하고 모험을 즐기는 아서왕이 통치를 하고 있었다. 아서왕은 지혜롭고 훌륭한 왕으로서, 카멜롯Camelot이라고 하는 기름지고 평화로운 곳에 살았다. 또한 그의 신하와 백성들은 왕을 무척 존경하며 충성을 맹세했다. 왕비 기니비어Guinevere 역시 아름다운 자태 못지않게 왕처럼 현명하고 자비로웠으며, 모든 백성에게는 존경과 우상의 대상이었다.

아서왕의 성은 항상 아름다운 새들이 지저귀는 아름답고 거대한 숲 속 가운데에 자리했다. 아서왕은 가끔 숲에서 사냥도 하며 말을 몰아 숲 끝까지 단숨에 달려가곤 했다. 왕은 항상 아름다운 자신의 성을 사랑했으며, 수많은 용감한 기사들과 아름다운 숙녀들이 그곳에서 그와 함께 행복하게 살았다. 그들은 그의 왕을 잘 섬겼으며 하루하루 평화롭고 기쁨으로 가득 찬 나날을 보냈다.

그러던 어느 날 아서왕은 겨울이 지나고 봄 햇살이 창틈으로 눈부시게 비쳐올 때, 그가 총애하는 신하 보이즈나드Boisenard를 불렀다.

"보이즈나드, 올 봄 카멜롯은 햇살이 더욱 눈부시구나. 나무들이 푸르고 꽃들이 활짝 피었어. 나와 함께 성 밖 숲으로 나가보자."

"감사합니다. 폐하! 폐하를 모시고 함께 가는 것이 저에겐 크나큰 영광입니다."

그러자 아서왕은 조금 망설이더니 보이즈나드에게 작은 목소리로 말하였다.

"우리 백성들이 나를 보면 몰려들어와 소란스러워질 텐데, 어느 누구도 나를 알아보지 못하게 하는 것이 좋겠다. 얼굴을 가리자꾸나. 그러면 다른 기사들처럼 성 밖 숲 속을 즐길 수 있을 거야."

이러한 왕의 제안에 보이즈나드는 웃으며 말했다.

"알겠습니다, 폐하. 그럼 갑옷 한 벌을 가져다 드리겠습니다. 그리고 그 갑옷을 입으시고 투구를 착용하시면 그 투구가 폐하의 얼굴을 가려드릴 것입니다. 그러면 그 어느 누구도 폐하를 알아보지 못할 것입니다."

보이즈나드는 갑옷과 투구를 가지고 왔다. 그리고 아서왕과 보이즈나드는 봄 햇살이 반짝이는 카멜롯 성 밖으로 그들의 말을 힘차게 몰았다. 성에 있는 사람들은 기사 복장을 한 두 명이 성을 빠져나가는 것을 보았으나 그가 아서왕과 신하 보이즈나드라는 것은 몰랐다.

이윽고 아서왕과 보이즈나드는 숲에 도착했다. 모든 것들이 아름다웠다. 아서왕이 말했던 대로 나무들은 푸른 나뭇잎을 단장하고 따스한 봄 햇살에 꽃들이 한창 만발하였다. 왕은 보이즈나드와 어울려 휘파람을 불며 노래를 부르고 모처럼만에 자유를 만끽하고 있었다. 그들은 숲에서 이어지는 큰 길을 걸어가다가 이어서 숲속 오솔길로 접어들었다. 태양은 눈부셨고 하늘은 푸르렀다. 그들은 이렇게 성 밖 숲 속에서 자연의 아름다움을 느끼고 있었다.

시간이 흘러 점차 어두워지기 시작했지만 아서왕과 보이즈나드는 주변의 아름다운 경관에 취해 시간 가는 줄을 몰랐다. 그러다 문득 숲 속에서는 해가 금방 어두워지는 것을 잘 알고 있던 아서왕은 조금 불안해졌다.

"이보거라, 보이즈나드. 성에서 너무 멀리 나온 것 같구나. 해가 지기 전에 성으로 돌아가야 해."

아서왕의 말에 정신을 차린 보이즈나드는 부랴부랴 성으로 돌아가는 길을 찾으려고 주변을 살펴봤지만, 금세 해가 저물어 주변이 칠흑같이 어두워졌기 때문에 도저히 성으로 돌아가는 길을 찾을 수가 없었다.

"폐하, 제가 저 나무 위에 올라가 주위를 살펴 보겠습니다. 제 생각에는 여기 근처에도 분명히 사람이 사는 집이 있을 것 같은 데……, 찾아낸다면 그 집에 있는 사람들에게 성으로 가는 길을 물어보도록 하겠습니다."

그리고 보이즈나드는 높은 나무에 단숨에 올랐다. 칠흑 같은 어둠이 깔린 숲 속에는 부엉이 소리와 짐승들의 울음소리만 간간이 들릴 뿐 주변을 아무리 둘러보아도 불빛은 보이지 않았다. 한참을 나무 위에서 살펴보니 마침 멀리 아주 작은 불빛이 신기루처럼 아른거렸다.

"폐하! 불빛이 보입니다. 저 멀리 숲 속에서 흔들리는 불빛이 보입니다. 얼른 저곳에 가서 도움을 청해 보겠습니다."

보이즈나드는 떨리는 목소리로 아서왕에게 큰소리로 외쳤다.

02

흑기사를 만나다

아서왕과 보이즈나드는 어두운 숲 속을 걸어서 희미하게 보이는 그 불빛을 향해 계속 걸어갔다. 마침내 그들은 불빛을 찾았으나 그것은 집이 아니라 수많은 덤불과 울창한 나무 사이에 가려진 어둡고 음침한, 아주 커다란 성이었다. 그제서야 아서왕과 보이즈나드는 자신들이 카멜롯에서 너무 멀리 떨어져 와 있다는 사실을 깨달았다.

하지만 아서왕은 이상하다는 느낌을 떨칠 수가 없었다. 이곳에서 수많은 적들과의 전투를 해 왔고 많은 병사들과 함께 이 숲을 오고갔지만, 지금 찾아온 이 성은 그동안 한 번도 보지 못했던 곳이었다. 아서왕은 이 음침하고 어두운 성은 과연 누구의 성이며, 이곳에 있는 살고 있는 사람들은 과연 누구일까 하는 호기심으로 성을 바라보았다.

"보이즈나드, 날이 너무 어두우니 이 성에서 하룻밤을 묵자. 그리고 내일 우리의 성으로 돌아가자."

아서왕의 말에 보이즈나드는 성문으로 다가가서 문을 힘차게 두드렸다. 이윽고 문을 열고 나온 문지기는 몹시 지치고 힘들어 보이는 보이즈나드를 의심의 눈초리로 바라보았다.

"당신들은 누구시오? 무슨 일 때문에 이렇게 늦은 시간에 성문을 두드리는 것이오."

"죄송합니다만 날이 어두워져서 저와 저의 기사님이 그만 길을 잃었습니다. 그래서 오늘밤 이 성에서 하룻밤만 머물기를 청하고자 합니다."

그러자 문지기는 재미있다는 표정으로 보이즈나드와 아서왕을 번갈아보며 말했다.

"당신들은 여기에 머물지 않는 편이 나을 텐데요. 차라리 숲 속에서 지내는 것이 좋을 겁니다. 이곳은 용기 없는 기사가 쉬기에는 안전한 곳이 아닙니다."

문지기가 말한 것을 듣고 있던 아서왕은 궁금해졌다. 왜 이 성에서는 용감하지 않으면 쉴 수가 없다는 걸까? 모험심이 강하고 호기심 많은 아서왕은 문지기를 쳐다보며 말했다.

"나는 용감한 기사요. 나는 오늘밤 이곳에서 머물길 원하오. 더군다나 우리가 집에 가기에는 이미 너무 늦었소. 그리고 온갖 짐승들이 있는 숲 속에서 잠들 수야 없지 않겠소."

"정 그러시다면 알겠습니다. 들어오시지요. 그렇지만 제가 분명히 말씀드렸던 것은 꼭 기억하시길 바랍니다."

문지기가 성문을 열자 아서왕과 보이즈나드는 성의 안마당으로 말을 몰고 들어갔다. 그러자 그들이 다가오는 소리를 듣고 마치 기다렸다는 듯이 여러 명의 하인들이 달려 나와 보이즈나드와 아서왕을 성 안으로 안내해 주었다. 넓은 정원을 지나 크고 넓은 거대한 연회장에 도착하니 많은 사람들이 식탁에 둘러앉아 성대한 파티를 벌이고 있었다. 연회장에는 아름다운 음악이 울려 퍼지고 많은 사람들은 풍성하게 준비된 고기와 과일들을 먹고 마시며 웃고 있었다. 식탁에는 아주 값비싼 포도주와 빵들이 잔뜩 차려져 있었으며 반쯤 먹다 남아 있는 것들도 많았다.

그리고 식탁의 가장 높은 자리에는 한눈에 보기에도 범상치 않아 보이는 늙은 기사가 자리를 차지하고 있었다. 그의 머리와 수염은 마치 우유처럼 하얗고 눈은 독수리의 눈처럼 매서워 보였으며 넓은 어깨를 가져 상당히 강건해 보였다. 늙은 기사는 검은 옷을 걸쳐 입은 위에 수정이 달린 목걸이를 목에 걸고 있었다. 늙은 기사는 아서왕과 보이즈나드가 홀에 들어오는 걸 보자, 그들에게 정중히 인사를 건넸다.

"이리로 와서 나와 함께 앉으시게나. 나는 흑기사이며 여기는 나의 성이오. 환영합니다. 음식과 마실 것들은 충분히 있으니 마음껏 드시오. 그리고 당신들은 나의 손님이니 나의 호의를 받아주시기 바라오."

아서왕은 성의 주인이라고 하는 이 늙은 흑기사가 조금 이상하다는 생각이 들었지만, 하루 종일 아무것도 먹지 못하고 몹시 지쳐 무엇으로든 요기를 해야만 하는 상황이었다. 마침 흑기사의 알 수 없는 배려에 아서왕과 보이즈나드는 잠시 의심을 접은 채 다른 사람들과 어울려 맛있는 음식을 먹으며 즐거워했다.

03

흑기사, 아서왕에게 이상한 게임을 제안하다

그리고 잠시 후 연희가 끝났다. 아서왕은 그동안 길을 잃고 헤메는 동안 무척 지치고 힘들기도 했던 데다, 이 알 수 없는 성에서 맛있는 음식으로 배를 채우고 나니 나른함과 피곤함이 한꺼번에 몰려 왔다.

"기사님의 이렇게 극진한 환대에 무척 감사드립니다. 그런데 우리는 너무 먼 길을 달려왔고 길을 잃어 찾아 헤메다 보니 무척 피곤합니다. 잠시 쉬었으면 하는데……."

"일단 당신이 우리가 준비한 음식을 맛있게 먹었다고 하니 무척 고맙소. 피곤하다고 하니 조금 유감이긴 하지만, 지금부터 내가 제안하는 게임을 하다 보면 당신의 피곤함도 싹 가시게 될 거요. 어떻소? 나와 함께 게임을 하지 않으시겠소?"

아서왕은 처음 보는 자신들에게 맛있는 음식과 하룻밤을 쉬어 갈 수 있는 잠자리까지 내어 준 흑기사의 제안을 거절하는 것도 예의가 아니었고, 무엇보다도 흑기사가 제안한 게임이 어떤 것인지 호기심이 들기도 해서 우선 그에게 물었다.

"게임? 그게 어떠한 게임이오? 그 게임에 대하여 당신의 말을 일단 들어보고 결정을 하겠소."

"하! 하! 하! 왜, 두려운가? 그 게임은 별거 아니네. 단지 나와 자네 사이의 게임일세. 우리 중에서 누가 겁이 많은지 누가 두려움이 많은지 알아보는 게임이네. 어떤가?"

"좋소, 그건 아주 쉬운 게임이 되겠군요. 나는 결코 누구를 두려워하거나 겁을 내지 않는 사람이오. 그렇다면 정해진 규칙은 무엇이오?"

"그런가? 무척 자신만만하군! 나중에도 그렇게 자신만만한지 그건 잠시 후면 알게 되겠지. 그럼 게임의 규칙을 설명해 드리리다. 당신과 나는 이 거대한 홀의 중앙에 설 것이오. 그리고 당신은 당신의 검을 들고 내 목을 잘라야 하오. 그러나 만약 당신이 내 목을 자르지 못하면 그 후에 내가 당신의 목을 자르는 것이 게임의 규칙이오."

흑기사의 말에 아서왕은 너무나 당황스러웠다. 그리고 처음 이

성문을 열어준 문지기가 한 말이 생각났다. '용기가 있어야만 이곳에서 쉴 수 있다고 했지……'

"이건 말이 되지 않는 게임이오. 당신은 우리에게 맛있는 음식과 잠잘 곳을 주었소. 그런 당신을 죽이라고 하니 그것은 있을 수 없는 일이오."

"아마도 자네는 두려운 게로군. 입으로는 용감한 척 떠들어 대지만 결국 자네는 겁쟁이에 불과해."

"나는 당신과 게임하기를 두려워하는 게 아니오. 그러나 만약 이곳의 기사들 중에 내가 당신의 목을 베는 첫 번째 사람이라면 당신은 곧 죽게 될 것이오."

아서왕은 흑기사의 말대로 자신이 정말 겁쟁이가 아니라는 것을 보여주기 위해서 저 늙은 흑기사의 목을 베어야 했다. 그러자 넓은 홀에서 이 광경을 지켜보고 있던 다른 기사들이 큰소리로 웃었다.

"그런 걱정이라면 안 해도 될 걸세. 정말 자네가 겁쟁이가 아니고 두렵지 않다면 먼저 시작해도 좋네."

아서왕은 더 이상 물러설 수도 없는 상황이었다. 만일 저 흑기사가 불쌍해서 목을 자를 수 없다면 아서왕 자신의 목이 떨어질 것이 너무도 분명했기 때문이었다.

"자! 당신이 죽기를 원하신다면 나는 당신의 목을 자를 준비가 다 되었소."

그리고 아서왕은 자신의 검을 꺼내 흑기사의 목에 칼을 가져다 댔다. 그러자 늙은 흑기사는 일어서서 겉옷을 벗었다. 그리고 셔츠를 열고 옷깃을 말아 내렸다. 아서왕은 그의 목을 볼 수 있었다. 그 목은 핏기가 없이 창백하고 주름져 있었다. 그것을 본 아서왕은 잠시 생각했다.

'이 늙은 기사는 내 검으로 내리치자마자 죽게 될 것이다. 나는 이 노인의 목을 잘라서는 안 된다. 이것이 그에게 존경심을 보여주는 방법은 아니야.'

"왜 망설이는가? 자네는 이제야 두려워진 게로군."

"그것은 아니오."

아서왕은 흑기사의 조롱 섞인 말에 생각을 가다듬고 더 이상 이 늙은 기사를 동정해서는 안 된다는 생각이 들었다. 이것은 게임이고 또한 서로의 약속이니만큼 해야만 할 일이라고 생각했다. 이윽고 아서왕은 그의 빛나는 검을 높이 들고 힘껏 휘둘렀다. 단 한 번의 칼에, 흑기사의 머리가 넓은 홀 바닥에 내동댕이쳐졌다. 그런데 떨어진 흑기사의 목은 바닥에 있었으나 흑기사의 몸이 쓰러지지 않고 그대로 서 있었던 것이었다.

그러자 그때 매우 이상한 일이 일어났다. 잠시 후에 흑기사의 몸이 떨어져 있는 머리를 향해서 걸어가고 있었다. 그리고 몸에 붙은 손이 머리를 집어 들고 어깨 위에 머리를 올리자, 갑자기 머리와 몸이 예전처럼 다시 붙었던 것이었다.

순식간에 일어난 일이라 아서왕과 보이즈나드는 자신들의 눈을 의심하기 시작했다. 그것은 마법이었다. 아서왕이 그 늙은 기사의 머리를 잘라버렸던 그 자국마저도 차츰 사라져 없어졌다. 그러자 그것을 지켜보고 있던 보이즈나드가 아서왕에게 달려왔다.

"보십시오. 그는 죽지 않았습니다. 폐하께서 그의 몸에서 목을 베어냈으나 이제 잘려나간 그 몸과 목이 다시 붙었습니다. 도대체 어떻게 이런 일이 있을 수 있습니까?"

그러자 홀에 있는 모든 기사들이 웃으며 소리치기 시작했다.

"자, 이제 네 차례다."

그러자 아서왕은 이미 게임에 약속을 하였으므로 더 이상 약속을 지킬 수밖에 없었다. 흑기사가 그랬던 것처럼 그도 자신의 셔츠를 열었다. 그러고 나서 옷깃을 말아 내렸다. 그러나 아서왕의 목은 늙은 흑기사의 목처럼 창백하거나 주름지지 않았다. 그의 목은 햇볕에 보기 좋게 그을리고 탄탄했다. 이윽고 흑기사는 자신의 검을 들고 아서왕을 향해 천천히 다가섰다.

"이제는 좀 어떤가? 두렵지 않은가?"

"그렇소, 두렵지 않소. 모든 사람은 다 죽습니다. 그리고 당신과 한 약속이고 또한 죽는 것을 두려워했으면 이 게임을 시작하지도 않았을 거요."

그리고 아서왕은 크고 넓은 홀의 중앙으로 천천히 걸어갔다. 홀은 고요했다. 모든 사람들은 모두 흑기사를 지켜보았으며, 흑기사는 자신의 검을 집어 들고 홀 주변을 천천히 걸어갔다. 그는 아서 왕에게로 서서히 갔다가 다시 서서히 아서왕에게서 멀어졌고, 또 검을 들어 올렸다가 내리길 반복했다. 아서왕의 드러난 목에 검을 가져다 댔으나 자르지는 않았다. 그런가 하면 아서왕의 한쪽 어깨를 툭툭 쳤다가 또 다른 어깨로 옮겨 툭툭 치기도 했다.

"내 머리를 자르는 것은 당신의 권리요. 그리고 내가 당신과 한 약속이오. 왜 나의 목을 자르지 않고 이처럼 괴롭히는 거요. 나는 죽음 따위를 두려워하지 않소."

"이것은 나의 게임이라네. 난 내 방식대로 게임을 하고, 또한 내가 베고 싶을 때 자네를 벨 수 있네."

다시 그는 아서왕의 드러난 목에 검을 댔으나 이전처럼 검으로 아서왕의 눈치만 보고 있을 뿐이었다. 아서왕은 이미 체념한 채 아무 말도 하지 않았다. 홀에 있는 사람들마저 아무 소리도 내지 않고 침묵했으며, 그들은 아서왕의 신념과 대단한 용기에 무척 놀라고 있었다.

04

흑기사와의 약속

  이윽고 시간이 흐르자 흑기사는 아서왕의 곁으로 다가왔다.

  "자네가 용감한 기사라는 것을 알겠네. 나는 또한 자네가 훌륭한 기사일 거라고 믿어 의심치 않네. 따라서 만약 자네가 나와 약속을 하나 한다면 나는 오늘 자네를 해치지는 않을 것이네."

  흑기사의 말에 아서왕은 속으로는 새심 놀랐으나 태연하게 그의 얼굴을 쳐다보았다.

  "무슨 약속입니까?"

  "나는 지금 자네를 죽이지 않을 걸세. 그러나 자네는 일 년하고 하루가 지나기 전에 여기에 다시 돌아온다고 약속을 해야만 자네는 오늘 이곳에서 목을 잘리는 비극을 피할 수 있을 것이야."

이상한 약속일 것이라고 추측은 했지만 아서왕은 흑기사의 또 다른 음모를 알고 싶었고, 또한 오늘 이곳에서 그런 무참한 죽음은 당하고 싶지 않았다. 그리고 반드시 이 늙은 흑기사의 숨은 의도를 알고 싶었다. 아서왕은 이 늙은 흑기사에게 목숨을 담보로 자신의 명예를 더럽히고 싶지는 않았다. 이윽고 아서왕은 입을 열었다

"좋소. 당신에게 약속하겠소. 꼭 일 년하고 하루가 지나기 전에 이곳으로 돌아오겠소."

아서왕의 맹세에 흑기사는 아서왕을 비웃으며 말했다.

"그리고, 또 하나 오늘 자네의 목을 거두지 않는 조건으로 약속 를 더 원하네."

"또 다른 약속이 있다고요? 그것은 또 무엇입니까?"

"지금부터 내가 수수께끼를 하나 낼 것이네. 그리고 자네가 일 년하고도 하루 안에 이곳으로 다시 돌아올 때는 분명히 내가 낸 수 수께끼에 답을 해야만 자네의 목이 무사할 것이네. 수수께끼에 답 이 정확하다면 당연히 나는 자네의 목숨을 살려줄 것이고, 또한 자 네는 나와의 약속에서 자유의 몸이 되는 것이지."

"좋소. 그렇게 하겠소. 도대체 어떤 수수께끼요?"

"자, 지금부터 자네는 내가 하는 질문을 잘 생각하게. 그리고 자 네는 이 질문에 꼭 답해야 하네. 그 질문은 바로 이것일세. 세상에 는 수많은 여인들이 있네. 그럼 그 수많은 여인들이 소원하는 것은

무엇인가? 그들이 가장 바라는 것 말일세. 무슨 말인지 알겠나? 세
상의 모든 여인들은 이것을 바라지. 자네가 일 년하고도 하루가 지
나기 전에 이곳으로 돌아왔을 때는 자네가 이것에 대해 대답해야
하네."

혹기사의 예상치 못한 수수께끼에 아서왕은 어이가 없었다. 세
상의 많은 여인들에게 물어보면 알 수 있는 간단한 것을 일 년 안
에 알아와야만 자신의 목숨도 지킬 수 있고 자유의 몸이 될 수 있
다는 혹기사의 말에 아서왕은 한편으로는 어이가 없었지만, 일단
은 이곳을 빠져 나가야 한다는 생각에 아무런 내색도 하지 않았다.

"알겠소. 그리고 목숨을 살려 주어서 고맙소. 그리고 당신에게
맹세하건대 분명히 그 대답을 가지고 이곳으로 366일 안에 반드시
돌아오겠소."

"자네는 나에게 감사할 필요가 없네. 나는 자네가 수수께끼를
풀 수 없을 것이라는 걸 잘 알고 있네. 그리고 아주 많은 사람들이
그 수수께끼를 풀려고 많은 노력을 했었지. 하지만 어느 누구도 그
수수께끼에서 자유롭지 못했네. 그리고 그들은 결국 모두 내 손에
죽었지. 자네도 마찬가지로 목이 잘려 죽게 될 거야. 그러나 그것
이 단지 오늘이 아닐 뿐이라네. 그리고 단지 난 자네 같은 사람들
을 괴롭히는 것을 좋아하기 때문에 수수께끼를 낸 것뿐이네. 앞으
로 일 년 동안 자네는 내가 낸 수수께끼를 풀기 위해 노력할 것이
고, 그 일 년의 시간이 결코 즐거울 수 없을 것이야. 그리고 자네가

이곳에 되돌아 왔을 때 자네는 나에게 살려 달라고 애원할 걸세."

혹기사가 이렇게 말을 하자 호기심 어린 눈으로 연회장에서 그 광경을 보고 있던 많은 사람들은 크게 웃었다.

'나는 결코 죽음 따위는 두려워하지 않는다. 그리고 반드시 그 해답을 찾아서 저 늙은 혹기사의 비밀을 캐고 말 것이다.'

항상 용기와 모험심을 즐기는 아서왕은 마음속으로 다짐하며 보이즈나드와 함께 혹기사의 비밀의 성을 빠져 나왔다.

o5

아서왕, 수수께끼의 해답을 찾다

한편 지난밤 아서왕의 행방이 묘연해지자 카멜롯의 모든 신하
와 왕비 기니비어는 밤새 뜬눈으로 지새우며 아서왕의 무사귀환
을 바라고 있었다. 오늘도 아서왕이 귀환하지 않는다면 영국 전역
을 모두 다 뒤져서라도 아서왕의 행방을 찾는 데 온 힘을 다 할 것
을 명령해 놓고 있었다.

마침내 아서왕과 보이즈나드가 카멜롯으로 무사히 돌아오자 그
의 왕비 기니비어와 모든 신하들이 안도의 한숨을 지었고 감격의
목소리로 아서왕을 연호했다.

아서왕은 지난밤에 있었던 그의 모험에 대해서 모든 사람들에

게 말했다. 그리고 많은 기사들과 그들의 여인들에게 늙은 흑기사가 낸 수수께끼에 해답을 알고자 그들에게 물었다.

"세상의 여인들이 가장 소원하는 것은 무엇이오?"

아서왕의 물음에 옆에 있던 기사들은 각자 자리에 일어서며 말했다.

"폐하! 세상의 모든 여인들은 누구보다도 돈이 많기를 원합니다."

"폐하! 세상의 모든 여인들은 자기 자신이 세상에서 가장 아름답기를 갈망합니다."

"폐하! 세상의 모든 여인들은 자기 자식들이 세상에서 가장 똑똑하고 용감하게 되기를 원합니다."

모든 사람들이 제각기 다른 대답을 했지만 아서왕은 어느 답도 최고라고 생각되지 않았다. 아서왕은 곰곰히 생각했다.

'흑기사는 이같이 단순한 답에 만족하지 않을 것이다. 나는 더 나은 답을 찾아야 한다.'

어느덧 시간은 재빠르게 흘러갔고, 마침내 일 년이 거의 다 되어가고 있었다. 아서왕은 이제 곧 흑기사에게 돌아가야 한다는 것은 알고 있었지만, 여전히 수수께끼의 답을 찾지 못했다. 시간이 흐르자 점점 초조해지기 시작한 아서왕은 보이즈나드를 불렀다.

"나의 말과 갑옷을 가져오너라. 나는 흑기사의 성으로 돌아가야 한다."

"폐하, 이번에도 제가 폐하를 모시겠습니다."

"아니다, 보이즈나드. 이번에는 나 혼자서 가야 한다."

아서왕의 신념에 찬 목소리에 보이즈나드는 차마 더 이상 말을 잇지 못하고 갑옷을 준비하고 왕의 말을 준비했다. 아서왕은 흑기사의 성으로 떠날 차비를 마치고 그의 아름다운 왕비 기니비어에게 마지막 인사를 하였다. 그는 자신의 미래를 알지 못했기에 약간의 두려움도 들었다.

'내가 돌아올 수 있을까? 아님 그곳에서 목이 잘려 죽게 될까?'

아서왕은 이렇게 불안해 하다가 금세 마음을 고쳐먹었다.

'아니다. 나는 결코 죽지 않을 것이다. 그러니 그 수수께끼의 답을 꼭 찾아내고 말 거야.'

흑기사의 성으로 가는 길에 아서왕은 많은 사람들을 만났다. 그는 그들에게도 모두 똑같이 물었다.

"모든 여인이 갈망하는 것은 무엇입니까?"

많은 사람들이 각각 다르게 대답했지만 역시 어느 답도 최고의 것은 아니었다.

이윽고 약속된 시간은 마침내 단 하루가 남아 있었다. 아서왕은 이제 오늘이 지나고 내일이면 나의 운명도 마지막이구나, 하며 그 늙은 흑기사에게 했던 약속을 생각하니 화가 치밀기도 하고 한편으로는 서글퍼지기까지 했다. 그러나 그는 카멜롯 성의 왕으로서 자신이 한 약속이라면 어떠한 것이든 지켜야 하며, 흑기사와의 이상한 약속 또한 마찬가지로 지켜야 한다는 것을 너무도 잘 알고 있었다. 아서왕은 이런 상황이 이제는 돌이킬 수 없는 운명처럼 느껴지기도 했다.

해는 벌써 기울어 날은 어두워지기 시작했다. 아서왕은 가던 길을 멈추고 어디선가 하룻밤을 묵어야만 했지만, 주위에는 인적도 드물어 벌써 어두워진 숲에는 풀벌레 소리만 요란하게 울어댔다. 그리고 잠시 후 길을 걷던 아서왕은 먼발치에서 희미하게 새어나오는 불빛을 보았다.

'저곳에서 오늘 하룻밤을 묵어야겠다.'

마음이 급해진 아서왕은 불빛이 새어 나오는 곳을 향해 걸어갔다. 그곳에는 마치 사람 사는 곳처럼은 보이지 않는, 금방이라도 쓰러질 것 같은 낡고 허름한 집이었으며 집 주변에는 덩굴이 덮여 있었고 바위와 관목들로 둘러싸여 있었다.

아서왕은 불빛이 새어 나오는 것을 보아 그래도 아마 누군가는 살고 있으리라는 생각에 조심스럽게 다가가 살며시 문을 열었다. 집 안에는 작은 호롱불 하나만 켜져 있을 뿐 생각했던 것보다도 더욱 어두웠다. 분명히 사람이 있을 것이라는 생각에 방안을 둘러보았지만 어디에도 사람 모습은 보이지 않았다. 차츰 눈이 어둠에 익숙해지자 시야가 조금 밝아지면서 마침내 방안 구석에 잔뜩 웅크리고 앉아 있는 노파가 보였다. 아서왕은 천천히 그 노파에게 다가갔다.

가까이 가서 보니 작은 호롱불빛에 비친 그녀는 아주 작고 지저분한 여인이었다. 그녀의 얼굴은 사마귀와 주름으로 가득 차 있었으며 그녀의 머리칼은 감지 않은 지가 얼마나 되었는지 마치 파의 뿌리뭉치 같았다. 그리고 그녀의 눈은 회색으로 흐릿했으며, 손은 주름이 가득하고 손가락의 뼈가 마치 갈고리 같았다.

'이 여인은 내가 만나본 수많은 여인들 중에서 가장 못생겼군. 마치 마녀처럼 생겼어.'

"폐하, 무슨 일이시기에 이 누추한 곳까지 오셨나요?"

아서왕은 이 어두운 곳에서까지 자신을 알아보는 여인이 신기하고, 한편으로는 외딴 곳에서 여인 혼자 지내는 사연이 궁금하기도 했다.

"그대가 어떻게 나를 아시오?"

"그것은 중요하지 않습니다. 폐하, 저는 폐하께서 어려움에 직면해 있다는 것을 압니다. 미천한 제가 조금이나마 폐하를 도울 수도 있겠다는 생각이 듭니다. 그러니 폐하께서는 왜 여기까지 오셨는지 말해 주세요."

여인의 얼굴은 추했지만 그녀의 목소리는 매우 아름다웠으며 친절했다. 아서왕은 왠지 모르게 그녀에게 믿음이 갔고, 자신에게 벌어진 이상한 일들을 그녀에게 모두 천천히 이야기해 주었다. 길을 잃고 흑기사의 성에 가게 된 일, 그리고 흑기사와 목숨을 걸었던 게임에 대해서도 말했다. 그리고 마지막으로 흑기사의 성으로 돌아가기로 한 약속에 대해서도 말했다. 그리고 아서왕은 그녀에게 이 이상한 수수께끼에 대해 물었다.

"세상의 모든 여인들이 가장 소원하는 것이 무엇인가? 그리고 그 답이 무엇인지 말해줄 수 있겠소?"

"폐하, 저는 그 답을 잘 알고 있습니다. 하지만 그전에 먼저 저에게 약속을 해 주셔야만 합니다."

아서왕은 속으로 생각했다.

'이 추하고 더러운 여인이 왕인 나에게 원하는 것은 무엇일까?'

하지만 이런 의심보다 자신의 물음에 대한 해답을 알고 있다는 여인의 말이 너무도 반갑고 감격스러웠다.

"그에 대한 해답을 알고 있다고? 그럼 빨리 말해 주시오. 그리고 무엇을 당신에게 약속해야 하오?"

"제가 폐하께 받을 약속은 어려울 수도 있겠으나 다른 한편으로는 쉬울 수도 있습니다. 저는 폐하께 그 해답을 말씀드리고 저는 그 답례로 좋은 남편을 만나고 싶습니다. 저를 위해 남편을 찾아주십시오. 저는 폐하의 카멜롯 성에 있는 귀족 기사들 중 한 사람과 결혼하고 싶습니다."

생각지도 않았던 여인의 약속에 아서왕은 몹시 당황스럽고 난감했다.

'못생기고 더러운 이 여인을 그 어느 누가 아내로 삼으려고 할 것인가?'

하지만 이 해답의 열쇠를 가지고 있는 이 여인의 말을 무시할 수만은 없는 노릇이었다.

"나의 기사들은 그대와 결혼하고 싶지 않을 텐데……."

"아닙니다, 폐하. 폐하의 기사들은 왕을 위해 죽기로 맹세한 사람들입니다. 그리고 그들은 폐하가 죽는 것을 결코 원하지 않을 겁니다. 폐하께서 그들에게 물어본다면 반드시 한 사람은 저와 결혼할 것입니다."

"그렇소. 나의 기사들은 모두 나를 위해 죽기를 각오하고 충성을 맹세하였소. 만약 내가 죽는다면 그들은 모두 성을 떠날 것이오. 좋소. 그대와 약속하겠소. 나의 기사들 중 한 사람을 그대와 결혼을 시키겠소."

"폐하, 감사합니다. 폐하께서 저와의 약속을 꼭 지키시리라 믿습니다. 그러니 이제 제가 그 답을 알려드리겠습니다. 이것이 흑기사가 낸 수수께끼의 답입니다. 모든 여인들은 자기 인생의 모든 일들을 자기가 주도적으로, 자기 스스로의 뜻대로 할 수 있게 되기를 원합니다."

"아! 그 말이 해답이군, 그대의 말이 맞는 것 같아! 단순하지만 내가 생각해도 그것이 최고의 답이요. 정녕 그대가 나의 목숨을 살렸소."

"폐하, 그리고 중요한 한 가지가 더 있습니다. 흑기사는 자신의 머리를 잘랐을 때 절대 죽지 않습니다. 그 이유는, 흑기사는 목에

건 수정 목걸이에 자신의 목숨을 넣어 가지고 다니기 때문입니다. 만약 폐하가 흑기사를 죽이고자 하신다면 폐하께서는 그 수정 목걸이를 반드시 부셔야 합니다."

아서왕은 이제야 흑기사의 성에서 일어났던 마법과도 같은 믿지 못할 일들이 흑기사가 목에 두르고 있던 수정 목걸이 때문임을 알게 되었다. 그 수정 목걸이가 아서왕의 걱정을 없애줄 열쇠였다는 귀중한 비밀을 알려준 이 여인에게 진심으로 감사했고 마치 생명의 은인처럼 느껴졌다.

"그대의 도움에 진심으로 감사드리오. 오늘 나에게 알려준 모든 것을 기억하고 있겠소. 그리고 내일 나는 흑기사에게로 돌아가서 마지막 담판을 지을 것이오. 그러나 날도 저물고 하니 미안하지만 오늘은 여기서 신세를 져야 될 것 같소."

"폐하, 이곳처럼 누추한 곳에서 하룻밤을 묵어가신다면 저에게는 더없는 영광입니다."

그녀는 정말 오랫동안 기다렸다는 듯이 아서왕에게 먹을 음식과 침대를 내주었다. 아서왕은 이 여인의 뜻하지 않은 도움으로 흑기사의 해답을 알아냈다는 기쁨과 설렘으로 모처럼 달콤한 잠을 잘 수 있었다.

06

다시 만난 흑기사

다음날 아침, 아서왕은 흑기사의 성을 향해 떠났다. 그는 수수께끼의 답을 이미 찾아냈기 때문에 이제는 흑기사와의 마지막 한판 승부만이 남아있었다.

마침내 흑기사의 성에 도착한 아서왕이 크게 소리치며 성문을 두드리자 흑기사의 문지기는 시큰둥한 표정으로 성문을 열었다. 그리고 아서왕을 지난번 믿을 수 없는 일들이 벌어졌던 거대한 홀로 안내했다.

잠시 후 아서왕이 입구에 들어서자 마치 기다렸다는 듯이 흑기사가 많은 사람들과 함께 넓은 탁자에 몸을 기댄 채 아서왕을 쳐다보았다.

"그래, 자네는 약속을 지켰군. 나는 당신이 훌륭한 기사라고 생각했지. 그래, 수수께끼의 해답은 갖고 왔겠지?"

"해답을 가지고 왔으니 이곳까지 당신을 찾아왔지요"

"그런가? 어디 이제 그 답을 들어 보세. 자네가 맞는지 보겠네."

"수수께끼의 대답은 이것이오. 모든 여인들은 자기 인생을 자기 뜻대로 하기를 원합니다."

아서왕의 대답에 흑기사는 얼굴이 일그러지며 분한 마음을 감추지 못하고 큰소리로 물었다.

"자네는 어떻게 그 답을 알았나? 분명 여기에는 무슨 속임수가 있어. 나를 제외한 어느 누구도 답을 모른다. 자네는 누군가? 어디서 그 답을 찾았는가?"

"그것은 나의 비밀이오. 나는 일 년 전에 당신의 게임에 참여했소. 이제 나는 당신이 나의 게임에 참여하길 원하오. 이제 당신의 비밀이 담긴 당신의 목에 걸린 수정 목걸이를 내놓으시오."

흑기사는 아서왕의 말에 너무 놀라 아무 말도 하지 못하다가 갑자기 뒤돌아 달아나 버렸다. 넓은 홀에 있는 사람들은 웅성거리기 시작했다. 흑기사는 지금까지 이렇게 두려워하는 모습을 보인 적이 없었기 때문이었다. 그런 흑기사가 목에 걸고 있는 수정 목걸이를 말하자 얼굴이 흙빛으로 변하더니 넓은 홀을 가로질러 달아나기 시작한 것이었다. 그러나 도망가던 흑기사는 멀리도 도망가지 못하고 잽싸게 따라잡은 아서왕에게 붙잡히고 말았다. 아서왕은 흑기사의 목에 걸린 수정 목걸이를 잡아챘다.

"제발, 나의 목걸이를 돌려주시오. 자네는 그것이 무엇인지 모르잖소."

"천만에요. 나는 이 목걸이의 비밀을 알고 있소. 이 수정 목걸이는 바로 기사님의 목숨이지요. 나는 당신이 사악한 사람이라고 생각하오. 나는 결코 이것을 당신에게 되돌려 주지 않을 것이오. 이제 나는 당신이 항상 말해왔던 그 용기가 사라지는 것과 당신이 두려움에 떠는 모습을 지켜볼 것이오."

말이 끝나기가 무섭게 아서왕은 그 목걸이를 바닥에 던졌다. 그리고 그는 그것을 발로 짓밟아 산산이 부수었다. 그러자 흑기사는 고통스런 비명을 지르며 바닥에 쓰러졌다. 그 광경을 지켜보고 있던 사람들이 흑기사를 돕기 위해 달려갔지만 이미 흑기사는 숨을 거둔 상태였다. 순식간에 벌어진 일들에 다른 사람들 역시 자신들의 눈을 의심하지 않을 수 없었다. 그러나 분명한 것은 아서왕에게 용감함과 두려움을 말했던 늙은 흑기사가 아서왕 앞에서 그렇게 죽었던 것이다.

07

아서왕, 여인과의 약속을 지키다

이윽고 아서왕은 흑기사의 담판을 끝내고 의문투성이였던 흑기사의 성을 떠났으나 곧장 카멜롯 성으로 가지 않았다. 그는 그 여인과의 약속을 지키기 위해 그녀가 기다리고 있는 낡고 허름한 그녀의 집에 도착했다.

"폐하는 정말 용감하고 훌륭한 분이십니다. 폐하는 한낱 저 같은 천한 여인과의 약속을 지켜주셨군요."

"그렇소. 세상 그 어떤 사람과의 약속이라도 약속은 반드시 지켜야 하는 것임이 분명하오. 또한 그대는 진정 나의 목숨을 살린 은인이나 마찬가지요. 이제는 내가 약속을 지킬 차례요. 나는 그대와 함께 카멜롯 성으로 돌아갈 것이오. 그리고 나의 훌륭한 기사들 중 한 명이 그대의 남편이 될 것이오."

아서왕의 말에 여인은 감격의 눈물을 흘리며 아서왕과 카멜롯 성으로 함께 떠났다.

그들이 카멜롯 성에 돌아왔을 때 모든 사람들은 아서왕을 보고 기뻐하며 환호하였다. 왕비 기니비어는 그녀의 남편인 아서왕을 맞이하기 위해 성문까지 달려나왔다. 그런데 아서왕이 늙고 추해 보이는 한 여인을 데려오자 그녀는 호기심 어린 눈으로 아서왕을 바라보았다.

"폐하, 이 여인은 누군가요? 왜 그녀를 이곳까지 데려왔죠?"

아서왕은 아무 대답도 하지 않은 채 빙그레 웃을 뿐이었다. 그는 넓은 연회장으로 기니비어 왕비를 비롯한 모든 일행들에게 모이게 한 후, 그제야 그동안 있었던 많은 일들을 이야기해 주었다.

"이 친절한 여인이 나의 목숨을 살렸소. 그녀는 나에게 흑기사가 냈던 수수께끼의 답을 알려줬지. 또한 저 여인은 어떻게 흑기사를 죽일 수 있는지 그 방법까지도 말해 주었소. 그래서 내가 오늘 이렇게 살아 돌아오게 된 것이오. 저 여인은 내 생명의 은인이오."

"그런데 폐하, 그녀를 이곳에 데려오신 데는 무슨 사연이 있으신 것 같습니다."

기니비어 왕비는 평소에 모험심 강하고 용맹한 아서왕이 저렇게 늙고 추한 여인을 이곳 카멜롯 성까지 데려온 것은 분명 어떤 이유가 있어서라고 생각했다.

"그렇소, 나는 이 여인과 약속을 했소. 그 약속은 그녀가 나를 도 와주는 대가로 나는 우리의 용맹스러운 기사들 중에 한 명과 함께 결혼하도록 해 주는 것이었소. 다들 나의 진심을 잘 알리라 믿소. 누가 내가 한 약속을 지킬 수 있도록 도와주겠소?"

아서왕의 말에 그곳에 모였던 모든 기사들은 대단히 놀랐으나 그들은 아서왕에게 충성을 맹세한 기사들이였기에 아서왕의 말을 믿고 따르는 수밖에 없었다.

"저희는 폐하가 약속을 지킬 수 있도록 돕겠습니다."

아서왕은 옆에서 자신의 추한 모습이 부끄러워 고개를 들지도 못하는 여인을 바라보았다.

"보시오. 나의 기사들은 모두 당신과 결혼할 준비가 되어 있소. 자, 이제 어느 누구와 결혼하길 원하시오?"

처음에 여인은 수줍은 듯 얼굴을 들지 못하고 머뭇거리다가 한 사람을 마치 알고 있었던 것처럼 뼈만 앙상한 손을 들어 가리켰다. 그리고 그녀가 뼈만 앙상한 손으로 가리킨 기사는 모든 기사들 중 가장 용맹스럽고 아서왕이 가장 신임하는, 카멜롯의 가장 잘생긴 기사로 알려진 가웨인Gawaine 경이었다.

"폐하! 저는 저기 저 분과 결혼하길 원합니다."

그러자 아서왕은 항상 모든 일에 적극적이고 책임감이 투철해 가장 신뢰하는 가웨인 경을 쳐다보며 물었다.

"가웨인 경, 내가 이 여인과의 약속을 지킬 수 있도록 이 여인과 결혼하겠는가?"

"네, 폐하. 저는 폐하가 하신 그녀와의 약속을 위하여 저는 저 여인과 결혼하겠습니다."

아서왕에게 승낙의 말을 마친 가웨인 경은 여인에게로 다가갔다. 그리고 그는 그녀의 쭈글쭈글하며 더럽고 못생긴 손을 잡고 존경의 표현으로 손등에 입맞춤을 하였다.

"폐하를 위기에서 구해준 당신에게 감사의 뜻을 전하며 제가 그대와 결혼하겠습니다."

그리고 2주 후 가웨인 경은 그 여인과 결혼했다. 성대한 결혼식이었지만 어느 누구도 미소 짓거나 웃지 않았다. 그리고 사람들은 한결같이 모두 이 결혼은 불행하다고 생각했다.

08

가웨인 경과 호수의 여인

많은 사람들이 축하해야 할 결혼식이지만 사람들은 모두 수군 거리며 한마디씩을 할 뿐이었다.

"저 여인은 너무 못생겼어! 나이가 너무 들어 보여. 쯧, 쯧, 가웨인 경만 불쌍하지."

결혼 축하연이 끝나자 가웨인 경은 여인과 함께 가웨인 경의 집으로 함께 갔다. 그리고 그는 많은 생각들을 하였다.

존경하는 아서왕을 보좌하며 일생을 기쁘기도 하였고 행복하기도 했지만, 오늘 자신의 결혼만큼은 너무나 슬펐다. 아서왕의 신하로서 결혼만큼은 세상에서 가장 예쁜 여인과 결혼할 것으로 생각했던 가웨인 경은 생각지도 않게 세상에서 가장 못생긴 여인과 결혼을 하게 된 것이었다.

가웨인 경은 그 여인을 사랑하지 않았다. 그리고 그는 주위 사람들의 수군거림에 결혼식 내내 수치심을 느끼기까지 했다. 마침내 결혼식 첫날밤이 저물어가고 있었다.

가웨인 경은 하루 종일 그의 방에 혼자 머물렀다. 그는 죽음을 생각하기까지 했다. 그리고 평생을 저 추한 여인과 함께한다고 생각하니 그의 삶은 더욱더 절망적이라고 생각했다.

'나는 결코 내 아내를 사랑할 수 없을 거야. 그녀는 너무 늙었고 너무 추해. 그런데 내가 왜 이 결혼을 승낙한 걸까?'

'그렇지만 그 여인이 우리의 아서왕도 살렸고, 그건 이 카멜롯 성을 살린 것이나 마찬가지지…….'

이런 생각이 들자 가웨인 경은 갑자기 그 여인이 측은하기도 하고, 한편으로는 너무나 고마운 여인이라는 생각이 들었다. 그리고 마치 조금 전 죽음을 생각했던 일과 덧없는 슬픔들이 얼마나 한심한 생각들이었는지 스스로를 반성하게 되었다.

그리고 가웨인 경은 자신만을 믿고 이제 평생 그의 반려자가 된 여인에 대해서 자신이 얼마나 이기적인 생각을 했는지도 반성했다.

'그녀를 외모로만 판단하다니, 내가 틀렸어. 이제 그녀는 나의 아내야. 그리고 이제부터 나는 그녀에게 좋은 남편이 되어야 해. 나는 많은 사람들 앞에서 사랑을 약속하는 결혼서약을 했다. 내가

한 약속을 이렇게 가볍게 깰 수는 없지!'

이런 생각이 들자 가웨인 경은 마음이 급해졌다. 당장 그녀에게 용서를 빌기로 결심하고 그녀의 방으로 갔다.

가웨인 경이 그녀의 방에 도착했을 때는 너무 어두워서 그녀를 볼 수 없었다. 하지만 가웨인 경이 들어온 것을 알아차린 그녀가 가웨인 경에게 조용히 말했다.

"당신은 좋은 남편이 아닌 것 같습니다. 왜 저에게 따뜻한 말과 사랑하는 마음으로 안아 주지 않는 것이죠? 이미 당신이 나와 결혼했을 때, 당신은 많은 사람들 앞에서 나에게 사랑을 약속했어요. 그러나 당신은 하루 종일 당신의 방에서 나오질 않았고, 이렇게 어두워지니 겨우 이제야 나를 찾아 오셨군요."

"미안하오. 나는 너무나 이기적으로 행동했고 당신에게 불친절하게 대했소. 그렇지만 이제 나는 그대를 나의 아내로서 더욱더 존중하며 친절하게 대하겠다고 약속하겠소. 당신은 좋은 아내이고 아이들에게는 좋은 어머니가 될 것이오. 이제 나는 당신에게 맹세하오. 당신에게 좋은 남편이 될 것이오. 부디 나를 용서해 주시오."

가웨인 경은 떨리는 목소리로 여인에게 진심으로 사과의 말을 했다.

"고맙습니다. 당신의 진심어린 말씀을 믿겠습니다. 저에게로 가까이 오세요."

"하지만 여기는 너무 어둡군요. 당신을 찾을 수가 없습니다."

"그렇다면 촛불을 가져다 주세요."

가웨인 경은 밖으로 나가 양초를 찾았다. 그는 금 촛대에 꽂힌 촛불을 아내의 침실로 가져왔다. 그리고 그는 꽃다발도 챙겼다. 가웨인 경은 자신이 그녀에게 보내는 존경과 사랑을 그녀가 알아주기를 진심으로 원했다.

가웨인 경이 방으로 들어섰지만 그녀는 보이지 않았다. 가웨인 경은 낮은 목소리로 그녀를 불렀다.

"어디에 있소? 당신이 보이질 않는군요."

"가웨인 님, 저는 여기 있습니다."

그는 그녀의 목소리를 들었지만 그녀를 볼 수 없었다. 잠시 후 방 한쪽 구석에 앉아있는 그녀의 모습을 볼 수 있었다. 천천히 그는 그녀에게 다가갔다. 촛불이 방을 비추었다. 그녀의 발이 보였고, 그녀의 몸이 희미하게 보였다. 그리고 양초를 들자 그녀의 얼굴이 보였다.

가웨인 경이 양초로 밝힌 그녀의 얼굴을 보았을 때 그는 도저히 믿겨지지 않았다. 그녀의 눈은 흑진주처럼 검게 빛났고, 그녀의 입술은 마치 장미처럼 붉었다. 그리고 그녀의 피부는 조금도 주름지지 않았고 마치 비단결처럼 매끄럽고 부드러웠다.

갑자기 변한 그녀를 보고 자신의 눈을 의심하며 가웨인 경은 한동안 아무 말도 하지 못했다.

"당신은 정말 아름답군요. 당신은 누구십니까? 오늘 나와 결혼한 나의 아내가 아니군요?"

"아닙니다, 가웨인 님. 저는 오늘 당신과 결혼한 아내가 맞습니다."

"당신은 나에게 거짓말을 하고 있군요. 나는 누구와 결혼했는지 잘 알고 있습니다. 그녀는 비록 못생겼지만 나에게는 너무 소중한 사람입니다. 그렇지만 당신은 너무 아름다워요. 제 아내라고 할 수 없습니다."

"가웨인 님, 놀라지 마세요. 저는 오늘 당신과 결혼을 했던 여인입니다. 제 모습이 어떻게 지금처럼 변했는지 말씀드릴 테니, 지금부터 제가 하는 말을 반드시 믿어 주시길 바랍니다. 저는 사실 마법에 걸려서 추한 모습을 하게 되었습니다. 오늘 당신은 나를 아내로 맞이했지요. 저는 결혼을 하게 되면 마법의 힘이 풀려서 제 모습으로 변하게 된답니다. 결국 나는 당신 덕분에 아름다움을 되찾게 되었지요. 그러나 나는 항상 아름답지는 않아요. 마법 때문에 하루의 반 동안만 원래의 아름다움을 유지할 수 있어요. 그리고 하루의 다른 반 동안은 다시 추하게 되돌아갈 겁니다."

"도무지 믿을 수가 없소. 당신은 정말 아름다워요. 그리고 당신은 이제 나의 아내입니다. 그리고 나는 마법 따위를 신경 쓰지 않습니다. 비록 하루의 반뿐이지만 그래도 어떠한 모습이든 당신은 나의 진정한 아름다운 아내입니다."

그리고 가웨인 경은 그의 아내이자 첫날밤의 신부인 그녀에게

키스로 진정한 사랑을 전했다.

"가웨인 님, 제가 말씀드린 대로 이제 우리는 우리의 미래를 결
정해야 합니다. 당신은 언제 제가 아름다운 모습으로 있길 바라시
는지요. 우리가 선택할 수 있는 것은 말씀드렸듯이 두 가지 방법입
니다. 낮 동안만 아름다운 모습을 간직한 아내와, 아니면 밤 동안
만 아름다운 아내입니다. 둘 중 어느 쪽을 원하시나요?"

가웨인 경은 은은한 촛불 밑에서 아름다운 모습을 한 채 말을 하
고 있는 이 여인이 바로 항상 그가 꿈꿔왔던 세상에서 가장 아름다
운 여인의 모습이라 생각했다.

"나는 밤 동안 아름다운 아내를 원합니다. 그 이유는 다른 사람
이 당신의 아름다움을 보지 않았으면 합니다. 당신의 아름다움은
오직 나 혼자만의 것이고 싶군요. 그리고 나는 매일 밤 화롯불 옆
에 앉아서 당신과 함께 세상의 모든 것들에 대해 이야기를 나눌 것
이고. 그러한 시간들이 우리에게 많은 사랑과 기쁨을 가져다 줄 것
입니다."

가웨인 경의 말에 그녀는 낮고 침착한 목소리로 가웨인 경에게
말했다.

"당신은 오직 당신만을 생각하시네요. 나는 그 반대로 낮 동안만
아름다운 아내이길 원합니다. 그 이유는 그동안 제 추한 모습 때문
에 아직 세상을 잘 모르기 때문입니다. 그래서 밖으로 나가 모든
세상의 아름다움을 보길 원해요. 나는 오직 당신과 함께 있을 때만

아름답길 원하지는 않습니다."

"당신의 그러한 마음을 제가 헤아리지 못했군요. 이해해요. 나는 당신이 지금이라도 행복하길 원합니다. 당신 뜻대로 해도 좋습니다."

가웨인 경의 배려에 한결 마음이 밝아진 여인은 웃으면서 말했다.

"가웨인 님, 당신은 정말 멋진 나의 남편입니다. 당신은 마지막 시험을 통과했어요. 당신은 이기적이지 않고 지혜로워서 마법의 주문은 이제 영원히 사라졌습니다. 나는 이제 항상 아름다운 모습으로 남아 있을 겁니다. 그리고 당신은 이제 수수께끼가 주는 교훈을 알았으리라 생각이 들어요. 모든 여인들은 자기 인생을 자기 의지대로 하기를 원합니다. 그것이 바로 수수께끼의 해답이었습니다. 이제 당신의 현명함으로 인해 나는 항상 아름다운 모습을 지니고 있을 거예요. 당신은 낮에도 밤에도 아름다운 아내를 가지게 될 것입니다."

가웨인 경은 그 말을 듣자 그는 기쁨에 넘쳤다. 그리고 그는 무슨 말을 해야 할지 몰랐다. 마침내 그는 그녀에게 떨리는 목소리로 물었다.

"당신은 도대체 누구시오?"

"가웨인 님, 지금부터 궁금해 하시는 저의 사연을 들려 드리겠습니다. 나는 숲 속에 있는 호수 속에 사는 여인들 중에 한 명입니다.

사실 나는 예전에 당신을 보았지요. 언제인가 당신은 숲 속의 호수로 와서 물속을 들여다 보았어요. 그때 나는 당신을 보았지만 당신은 나를 보지 못했죠. 나는 당신을 본 순간, 나는 당신의 멋진 모습을 잊을 수가 없었어요. 그리고 당신을 찾기 위해 나는 굳게 결심했습니다.

'그래! 호수를 떠나자 그럼 그 분을 분명히 만날 수 있을 거야.'

그리고 제가 호수를 나오자 호수의 신이 인간 세계로 떠나버린 저에게 마법의 주문을 걸어 지금까지 이런 모습으로 살아가게 되었죠.

그리고 호수의 신은 제게 말했습니다.

'너에게 두 가지 수수께끼를 주겠다. 첫 번째 수수께끼는 정말 네가 사랑하는 사람이 네 추한 모습을 진정으로 사랑하느냐 하는 것과 두 번째로 진심으로 너를 사랑하는 그 사람에게 세상의 여인들이 진정으로 원하는 것이 무엇인가에 대한 것이다.'

호수의 신은 그 두 가지 수수께끼를 네가 사랑하는 사람이 푼다면 네게 걸린 마법은 풀어질 것이라고 말했습니다.

그러나 사실 세상 밖으로 나온 저는 더 이상 아름다운 여인의 모습이 아니었습니다. 그런 추한 모습으로 사람들 앞에 서는 것도 두려웠고 용기가 나질 않았죠.

그래서 사람이 살지 않는 숲 속에 살게 되었던 것입니다. 하지만 항상 당신을 마음속에 그리며 살았지요. 그러던 어느 날 저에게는 기적 같은 일이 일어났어요. 바로 가웨인 경의 왕이신 아서왕이 찾아온 것입니다.

저는 아무도 없는 숲에서 아서왕을 만났을 때, 어쩌면 당신을 만날 수 있을지도 모른다는 생각이 들었어요. 그리고 나는 그를 돕기로 결심했지요. 아서왕이라면 나를 당신에게 데려다 줄 거라고 말입니다. 그리고 정말 기적처럼 나는 당신을 만나게 되었지요.

그러나 기쁨도 잠시, 만약 나의 청혼을 당신이 거절하면 어쩌나 하는 생각에 생각에 잠시도 그 자리에 서 있을 수가 없었어요. 그러나 당신은 고맙게도 나의 청혼을 받아주었고 그리고 마지막 수수께끼까지 잘 풀어 주셨죠. 그래서 나는 마법에서 영원히 풀려날 수 있었습니다. 가웨인 님, 이제야 모든 것을 털어 놓으니 마음이 후련하군요. 정말 감사합니다. 당신을 이제 영원히 사랑하겠습니다."

어느덧 시간이 흘러 여인의 길고긴 사연에 하얗게 밤을 세운 가웨인 경은 기쁨의 눈물을 흘렸다. 그리고 그는 모든 하인들을 불러 그의 아름다운 아내를 그들에게 소개했다. 하룻밤 사이에 너무나 아름답게 변해버린 여주인의 모습에 그들은 자기 눈을 믿을 수 없었다.

"오늘은 세상에서 가장 기쁘고 경사스러운 날이다. 모두 큰 연회를 열도록 해라."

가웨인 경은 그들에게 성대한 연회를 열게 하였으며 모두들에게 푸짐한 음식을 대접했다. 그리고 그들은 가웨인 경이 맞이한 아름다운 아내를 모두들 진심으로 축하해 주었다. 이 소식을 전해들은 카멜롯의 모든 사람들은 아서왕에 대한 가웨인 경의 충성심을 높이 칭찬했다.

이로써 아서왕은 그의 일생에서 가장 멋진 모험을 했고, 또한 가웨인 경은 세상에서 가장 아름다운 아내를 얻어서 평생을 행복하게 살았다.